每个女人心中都住着一位达西先生，

将爱情变得高贵而温暖

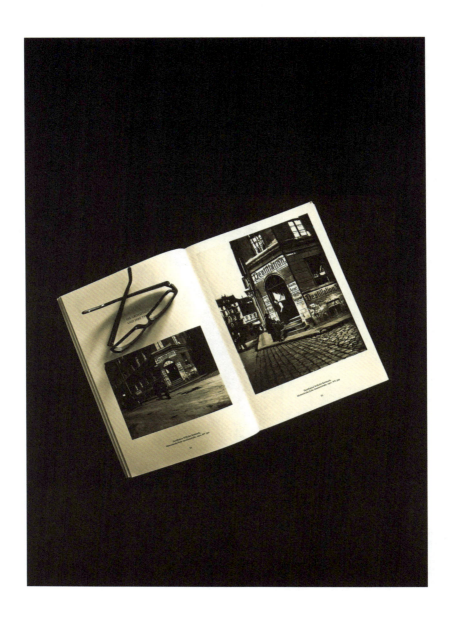

而无论人生如何，
最终你是我的，足矣

你 其 实 是 世 界 上 另 一 个 我 ，

我 要 做 的 就 是 拼 尽 一 切 找 到 你

因为他，我爱上了这个世界。

世间唯有我的达西先生

达西先生

Mr. Darcy

沐儿 / 著

青岛出版社
QINGDAO PUBLISHING HOUSE

图书在版编目（CIP）数据

世间唯有我的达西先生/沐儿著． —青岛：青岛出版社，
2016.12

ISBN 978-7-5552-4628-2

Ⅰ．①世…　Ⅱ．①沐…　Ⅲ．①散文集－中国－当代
Ⅳ．①I267

中国版本图书馆CIP数据核字（2016）第215574号

书　　名	世间唯有我的达西先生
著　　者	沐　儿
出版发行	青岛出版社
社　　址	青岛市海尔路182号（266061）
本社网址	http://www.qdpub.com
邮购电话	010-85787680-8015　13335059110
	0532-85814750（传真）　0532-68068026
责任编辑	杨　琴
责任校对	耿道川
特约编辑	郑丽丽
装帧设计	千　千
照　　排	刘丽霞
印　　刷	三河市南阳印刷有限公司
出版日期	2016年12月第1版　2016年12月第1次印刷
开　　本	32开（880mm×1230mm）
印　　张	9
字　　数	150千
书　　号	ISBN 978-7-5552-4628-2
定　　价	36.00元

编校印装质量、盗版监督服务电话　4006532017　0532-68068638

目 录

第三部分

哪怕他是世间的白月光，我只想成就爱情的模样

第四部分

而无论人生如何，
最终你是我的，足矣

第五部分

我偶然到了时光的尽处，
看见我们果然相伴正白头

我们早已过了耳听爱情的年纪。我要的，是一份懂得和珍惜。

北京的秋天，是四季里最美的时段。一树树的五彩斑斓，在微醺的秋风里沉醉。我与先生，就相识在金秋十月。

他去北京做短期游学，上午学汉语，下午游览北京城。彼时我在一家荷兰人开的培训中心工作，本来只负责上午教他们汉语，但那个时段比较忙，中心负责人莫妮卡女士就请我下午客串一下，兼职做他们的导游。

我带他们去过798、天坛、长城还有爨底下，我跟他总有说不完的话题。

两周快结束的时候，他说："老师，您有U盘吗？我把这几天的照片拷给你。"拷来照片我才发现，照片里除了风景和寥寥几张大家的合影，镜头里，全是我。

　　两周的时间里，我知道了他的职业和爱好，知道了他父亲是建筑师，知道了他有个前女友现在单身一人，知道了他养过的两只猫的颜色。

　　他回国前的周五，本来莫妮卡已经安排了欢送宴。他偷偷问我："老师，我可以单独请你吃顿饭吗？"我说可以，但不能告诉莫妮卡是我跟他一起吃饭。他想了好久，找了个借口。我站在地铁口等他的时候，看他满脸通红地跑过来，他跟我说，这是他第一次撒谎。

　　当时的我并不相信，可在朝夕相处了许多年后的今天，我知道那是真的。

　　晚饭的时候，我们互留了邮件地址和手机号。他问我第二天可不可以去机场送他，我心里暗笑：此时一别，天涯海角，等你回到自己的国家，还能记得我是谁？

　　我毫不犹豫地拒绝了。

　　可是第二天早上醒来的时候，心里竟有些空落落的。不去送他，到底觉得有点儿对不住他。看看时间，离他出发还有一个多小时。电话打过去，他接了，声音里充满了惊喜："我以为再也听不到你的声音了……"他又开心又感伤。

　　"等着我，一个小时十五分钟，我在你住的宾馆前台等你。"我挂断电话，急匆匆换好衣服，小跑着去乘地铁。

　　我赶到宾馆，出租车司机已经把他的行李装进后备厢，他正焦急地四处张望，不肯上车。看到我，他的眉头一下子舒展开来，扶着车门，释然地笑了。

　　等他托运了行李，我们在一间古色古香的茶屋里坐下。他握了握我的手，问我他回去以后，可不可以给我打电话写邮件。我微微一笑："自然可以啊。"但我心里想的是：就这么一说吧，你们这些老外我还不知道吗，处处留情而已。

　　他伸手从我的线衫上，小心翼翼地捡起几根我散落的头发，用手指绕起来，打开钱夹，装进了侧边的一个小袋里。

　　我戏谑地笑："可不可以别这样假啊？谁不知道你们西方人热情开放，尤其是荷兰人。能记得我，做个朋友就好啦。"

　　他正色道："你这是偏见。你看过《傲慢与偏见》吗？"

　　"当然啦，英国小说家简·奥斯汀的代表作。嗯，你想说什么？"

　　"你就是那个伊丽莎白，我好比是达西先生。你对我存在偏见！"他涨红了脸。

　　真是好气又好笑。

　　"如果你同意，我新年的时候来北京看你。"他看着我的眼睛，"可以吗？"

　　我算了下，到新年只有两个月多一点儿的时间。我挑挑眉梢："当真？行，你来的话，我可以给你当导游，给你机会请我吃饭。"

　　他乘坐的航班已经开始检票。他依依不舍地往检票口走，每走几步就停下来朝我挥手。

　　回去的路上，我买了个大柚子。周六的晚上，我一般都是把脚搭在桌子上，吃着柚子看美剧的。

　　美美地睡个午觉起来，跟闺密出去逛一圈儿吃顿饭，就到了晚上。一部美剧还没看完，柚子才刚刚吃了一半，手机响了起来。

"嗨！我在阿姆斯特丹机场。飞机安全降落了。"他语调高昂。

"嗨！"说实话，我很意外。我没料到他会给我打国际长途，而且这么快就有联系。在我预料中，几天后能有一封邮件，也就不算失言了。

我一时竟然不知道说什么好。挂了电话以后，我开始认真回忆起两周来的点点滴滴。

冥冥之中难道真有天意？我们第一次见面，却好像是老朋友，有说不完的话题；好多时候，我还没开口，他就知道我想说的是什么；他尊重我，却并不让我觉得疏远；他理解我，即使我们说着不同的语言。

他若认真，一切顺其自然吧。我对自己说。

第二天起床的时候，我的邮箱里已经静静地躺着他的一封邮件，报平安，表达思念之情。还有两张照片，是在机场的时候他镜头里的我。

从这天开始，他的邮件和短信再没有中断过。每天固定汇报行踪，出门在外就短信联系。他用最原始的方法让我知道他的真心：他把所有空闲时间都留给了我。

视频电话的时候，他给我看他的房子，问我想要把墙壁刷成什么颜色；他换车的时候，先拍车子的照片，让我给建议。

11月份，他告诉我，他已经办好了新年的签证，不过，只有一周时间。

后来我在北京的四年里，他去看了我17次。他所有的假期都攒起来去了中国。夏天的时候他每天多工作半小时，一共攒下来将近一周的时间，加上圣诞节省下来的假期，用来陪我过中国年。

他并没有给我买多贵重的礼物，但他用他的方式俘获了我的心。24小时开机，尽量秒回我的信息。虽然远隔千山万水，但我知道，他，始终在那里，等着我。

四年以后，我终于决定追随他远赴天涯。他来中国接我："你现在还觉得老外都很随便吗？还对你的达西先生有偏见吗？"

"还有。你要用一生证明给我看。"我固执地说。他捏了捏我的鼻子，嗔怪地说好。

婚礼那天，宾客散尽以后，我说，荷兰语的结婚誓言那么长，用我们中文，16个字搞定："死生契阔，与子成说。执子之手，与子偕老。"

"太美了！"我解释给他听以后，他缠着要我教他读。

睡眼朦胧中，听着他洋腔怪调地读着"死生契阔，与子成说。执子之手，与子偕老"，鼻子一酸，眼睛湿润了。

认识先生以后，我变得害怕死亡。两个人一起，在世界的一个小角落，过着平静的日子，便是我最大的幸福。我唯一的愿望，便是能与先生一起，慢慢变老。

过去的岁月里，我经历了许多挫折，爱过、恨过、生不如死过。先生的出现，让我原谅了之前生活对我所有的刁难。

他用实际行动瓦解了我的偏见，冰释了我对生活的前嫌。因为他，我爱上了这个世界。

沐儿

世間曾有

我竟慈悲先生

第一辑

你其实是世界上

另一个我，

我要做的

就是拼尽一切找到你

我在一个人的孤独中，
遇见了温暖的先生

跨年倒计时结束，先生打开香槟，拉我去窗前看烟火。村子不大，烟火自然也不多，此起彼落的几家，然后就归于寂静。毕竟，从中国运来荷兰，烟花在这儿算是奢侈品了。

先生摸摸我的头，抱歉地说："不好意思，远没有北京的烟花那么壮观，让你失望了。"

他陪我在北京过了两次中国年。那时候，我住的小公寓在14层，对面就是铁建六部的家属大院，右边是个部队文工团，往西可以看到中央电视台的塔尖。旧历年的午夜，23点50分左右，我们就在阳台上架好录像机，等着盛大的烟火场景来袭。先生一边拍一边感叹"难以置信"。北京中国年烟花之璀璨和持续之久，在他印象里是极其深刻的。他总说中国的烟花设计，没有哪个国家可以超越。

我抬起头，在昏暗的灯光下，定定地看着他："没关系。你才是我生命里最绚烂的烟火。"

（一）

认识先生，是在我人生最黑暗的时候。那时候，我觉得自己就像是漂在大海上的一叶孤舟，没有方向，看不到灯塔，不知道该往哪里走。我跌跌撞撞满身是伤，兜兜转转前路迷茫。我本是个爱笑的人，但那几年里，笑容都不够舒展，总拖着一个苦涩的尾巴。

最难熬的是过年的时候，整个公寓死一般沉寂，只有我住的14层拐角的那个房间里亮着一盏灯。有家不能回的无奈吞噬着我的心。我蜷缩在10平方米里，百无聊赖；陪伴我的，只有一台电脑、一架古筝。

先生没有豪言壮语，只是在圣诞和新年期间加班，把假期省下来，在中国年的时候休假来中国陪我。

四年里，他往返中国17次，只为了去看我。他开玩笑说，他工作以来攒的钱，都贡献给了中国南航。最后一次，是我已经办好了所有手续决定过来定居的那个暑假，他居然要飞去中国接我过来。我说不用，干吗浪费，我自己来荷兰就好。他却坚持说：你为了我背井离乡，我去接你，是显示我的诚意。他到底还是飞过去接我了，随身带着的，还有一枚戒指。当飞机飞到俄罗斯上空的时候，他拍拍睡得迷迷糊糊的我，神神秘秘地掏出戒指，单膝跪地。好在当时大家都在熟睡中，没有注意到，否则我蓬头垢面的被大家看，真要囧死了。

（二）

先生不温不火，总能四两拨千斤地化解我的急性子。每次在我急躁的时候，他总是说："Step by step, we can achieve our goals."（一步一步来，我们可以达到我们的目标。）事实确实如此，不管看着多么难达成的事，最后都一件件办妥当了。我遇到事情，他会给我建议、分析给我听，但我有权决定关于自己的一切事情。我是狮子座，骨子里的控制欲很强。他深谙我的性格，小事都交给我做主，但是原则问题他牢牢掌控，岿然不让步。

我们也吵架。大部分是因为我开车技术太烂。每每我开车，他坐在旁边，是我最讨厌他的时候——彼时他一改暖男形象，就像念经的唐僧，喋喋不休。我偶尔犯个小错，他就不厌其烦反复解说我为什么错了，并且还无限夸大后果。我说他有路怒症，很多次，我都有把车停在路边，一脚把他踹下去的冲动。

吵架以后，他最怕的是我的撒手锏：沉默。我死不吭气儿，他就会像发怒的狮子，一定要把问题解决了。这曾经是我最头疼的事情，因为我需要时间冷静，否则生气的时候，一开口总是伤人。一次听他跟朋友聊天，他说不知道是不是中国女人都这样，生气了喜欢冷战，其实冷战是最影响感情的，所以每次他都非常艰难地想办法，要把我脑子里在想的事情"掏"出来。他说他很怕不知道我心里在想什么。感叹于他的良苦用心，从那以后，吵完架我就尽量压着火气试着跟他沟通。

实在太生气的时候，我就想他的好。想着他因为我怕黑，放弃提前一天出发去出差，却要在第二天凌晨4：30起床；想着给他挑东西的时候，他总说不需要，却能偶尔给我买奢侈品，满足一下我的虚荣心；想着他把我的照片放在皮夹里；想着他会在好天气里推掉一切杂事，带我去我想去的地方玩儿；想着他每天早晨的一个轻吻，告诉我他去上班了让我再睡一会儿，以及傍晚回来后的一个紧紧拥抱；想着我总是先睡着后醒来的那一个，夜里去洗手间也有人帮我开灯……

（三）

先生不够浪漫，他送什么礼物我永远都能猜得出来，因为总是那几样。他也不会说"这是我的信用卡，拿去随便刷吧"这样的话，但是，当我工作不顺心的时候，他会搂过我说："做得不开心就不要做了吧，反正又不指望你赚钱过日子。你开心才是最重要的。"他不会带我去迪拜住七星级宾馆，但每年至少两次的度假，目的地都由我选。

在国内的时候，我很少做饭，自从来到荷兰，却变得热爱起做饭来。即使手忙脚乱被溅起来的油花烫了手的时候，我也没觉得委屈。读了那么多年书，最后厨房成了主战场，但是又有什么不可以？其实每个女人都希望能找到一个自己甘心情愿为他洗手做羹汤的男人吧。如果我做饭的时候会不由自主地哼着歌儿、洗澡的时候能欢快地唱着小曲儿，那我就是开心的。

能把做饭当乐趣、总想变着花样做吃的，得益于先生的吹捧。不管我做得多差，他都说好吃，都能吃个精光。而且，他从第一次见面一起吃饭时的不会使筷子、不能吃辣，到现在他可以用筷子夹起花生米，而且基本是无辣不欢了。

（四）

对先生最满意的，是他让我安心。我可以百分之百相信他，他从来不会欺骗我。堵车的时候也会赶紧给我打个电话告知一声，怕我担心。他尽量把工作之余的时间留给家人，每天一起吃晚餐。若是偶尔有应酬，只要有可能，他也必然带上我。

别人都说我把先生调教得好，其实我心里清楚，我最不擅长的就是管教男人。一个男人，他愿意为你改变，是因为他心里装着你。

先生说："我买不起豪宅，但我可以给你一个温馨的家。"他做到了。我们的家里满是绿植和小花。四年多来，我可以无忧无虑地做自己，没有怀疑和不信任，有的是欢声和笑语。我过够了那种彼此提防的日子，现在终于过上了我想要的生活，简单却幸福。

这么多年来，我努力在寻找的，就是一个能给我安全感的人。虽然迟了一点儿，但我找到了。所以，只要不放弃，你期待的，迟早都会来。

先生的好，我心里满满地知道，可是，每次提笔，自己都不满意。有些东西，文字怎么也描述不出来。我只想对他说："感谢你带我走出黑暗的日子，感谢你带给我的欢乐时光。你是我生命中最绚烂的烟火。"

在等的，始终是自己想要的那个人

去年带我家达西先生一起去参加我的高中同学聚会，推杯换盏、莺歌燕舞之后，大家意犹未尽。于是我们三三两两围炉而坐，畅谈毕业之后的种种。

一个当年相处不错的男同学跟我聊了会儿，突然说："我以为你会找一个什么样的白马王子呢。"说完，意味深长地看了我家达西先生一眼。

我诧异，有一种被攻击的感觉。我脱口而出："他哪儿不好吗？"我清楚同学并无恶意，而且他有什么想法，能坦然直言，自然也是仗着我们曾经深厚的交情。

"我觉得，你应该找个大学教授。同学聚会这种场合，他应该是西装革履、衬衫领带。"我明白了，他是觉得我家达西先生不够儒雅、派头不足。也难怪，达西先生这个人一直休闲范儿。衣服都是户外品牌，Jack Wolfskin是最爱。而我，恰好神经大条，自个儿的穿着打扮都没有太刻意，哪还会考虑到先生的着装。

　　我笑了。我说，教授也好，工程师也罢，找男票，不是给别人看的。套用一句老话——鞋子合不合脚，只有自己知道。

　　对我来说，朝夕相处中让我放松、舒服、心情愉悦，那他就是对的人。

　　20岁的时候，我们喜欢帅的，最好是那种看一眼就荷尔蒙飙升、再也移不开眼睛的。食色性也，喜欢帅哥是女孩儿的天性，没有什么不对。我也曾对当年那个抱着吉他给我唱歌的帅男孩儿一往而情深；也曾深陷于对那个篮球场上的1.85米的男生痴念不能自拔。

　　但是，后来的后来，他们都只是曾经。弹吉他的那个让我心累，因为他身边总是蜂蝶不断，我总得分出一只眼睛去盯着他，那些日子里，我的神经是绷紧的。在一起的时候很快乐，分开后很不放心，各种忐忑各种猜忌。打篮球的那个呢，总是会在我兴致高昂地跟他讲我的周末出行计划时，淡淡地来一句："我不想出去玩儿，我还要准备××考试呢。"看看外面的春意盎然，我犹如当头被浇了一桶凉水。次数多了，热情也就耗尽。这不是我想要的生活。我在心底肯定地对自己说。

　　随着年龄增长，你会发现，颜值和身高都没有多重要，重要的是，和他在一起，你是舒坦的、自然的，总处于绽放的状态。照照镜子，看看自己的脸，你就会明白这个人适合不适合你。

　　高中同学的话让我忽然想起我的大学老师高教授。他每天西装革履，但在我看来，就是道貌岸然。他利用工作之便勾搭了自己带的研究生，抛弃了糟糠之妻。虽然上位的新任妻子深谙他的脾性，恨不得整天把他拴在裤腰带上，但高教授后来还是与另一个女学生偷腥，他的新任妻子上演了一出小三转正斗小四的好戏。

当然，我不是说所有的大学教授都道貌岸然。只是对于我来说，西装革履的生活太正式、太严肃；一身户外行头的工程师，不拘束、不造作，让我觉得生活轻松随意。合适的就是最好的，下了班，放下包就可以陪我出去徒步。他的休闲范儿正好跟我的牛仔裤棉毛衫相搭。我喜欢。

我跟那个高中同学说："你就替我高兴吧，我这么挑剔的家伙，终于找到一个让我觉得满意的男票，你就别吹毛求疵了。"然后我给他说了我觉得一起生活比较舒服的男人的标准：不抽烟，不酗酒，爱干净，无体臭，睡觉不打呼噜。家务事我不愿干的都是他的，周末必须至少有一天陪我，争取每天一起吃晚餐，第一时间回复我的短信和电话，偶尔浪漫。我不要他养，但我如果选择不工作，日子不至于捉襟见肘。还有最后一条：尊重我，尊重我，尊重我——重要的事情说三遍。

"他都达标了？"同学狐疑地问。"不仅达标，还总是再创新高。"我傲娇地回答。当然，达西先生也有些小毛病，但是那些都是我可以忽略不计的方面，就没有必要跟他一一道来了。

把相处是否舒服作为标准来衡量男票，其实无形中也就衡量了他是否满足你的择偶标准。你在意的某些东西，自然是他达到了标准，你才会觉得跟他相处舒服。

闺密曾跟我吐槽，她说她最近认识一男的，两个人相处得极好。周末吃吃团购的餐馆、看看团购的电影，天气好的时候去骑车打羽毛球。男的也还浪漫，节日也会给她买花。只是有一个问题，闺密是个讲究情调的人，隔一两个月要去一次西餐馆、听一次音乐会。对于她来说，这种偶尔的奢侈就像是逃避北京的雾霾去呼吸一口新鲜空气，非常重要。男的也喜欢，只是平时的团购券，他都很积极地买，音乐会的门票他就不愿意掏钱了。去了西餐厅，吃完他也等着我闺密埋单。他毫不避讳：这些已经超过了我的经济承担能力，既然你提议要来，我陪你，所以埋单的自然是你。

闺密说，在西餐厅吃完饭的时候，她就会很尴尬。不是她不愿意出钱，只是他每次心安理得等她付款的样子，让她心里很是不舒服。

你看，闺密的这个不舒服，就是因为男票没有达到她的预期：经济上可以支撑脚踏实地的日子和偶尔小资的生活。因为她对这一点很在意，她才会产生不舒服的感觉。

找到了问题所在，接下来就简单多了。想清楚自己对这个"不舒服"是不是零容忍如果不是，调整一下自己的心态，两个人还是有走下去的可能。

我过去的一个学生，跟班里男同学谈恋爱，好得恨不得穿一条裤子家长劝，老师劝，两个人就是分不开。突然有一天，两人说分就分了。后来女生说，自己意外怀孕，去医院检查，因为月份大了，医生建议马上人流。两个人掏出口袋所有的钱凑在一起，不够。女生躺在手术床上，打电话跟朋友借钱。打麻药的医生都准备好了，她电话还没打完……

她说，这件事以后，她想起来心里就会不舒服。这种时候，男孩儿还让自己操心，太不负责任了。而她对于这种不负责任的品行，是一票否决的。

女孩儿的不舒服，是因为她在意的责任感，对她来说至关重要。

不管你是正在相亲的女孩儿，还是正在热恋中，抑或是正在考虑接受不接受他的表白，"相处是否舒服"是一个放之四海而皆准的原则。相处舒服，说明他的短板是你不介意的那一块；反之，相处不舒服，则说明他有一块短板碰触了你的容忍限度。

如果你跟现在的男票在一起轻松、感觉被尊重，恭喜你，也请你珍惜眼前人；若是跟他在一起你已经不是过去那个快乐的你，那不如趁早各奔东西。否则，在未来生活的海洋里，爱情的小船会说翻就翻。

如果我是男人，
才不娶我这样的女人

小时候，母亲大人就经常对我说：你这么懒，以后肯定没人要。

这句话对我影响很大。一直到十八九岁的时候，我还是觉得，那些对我悄悄示好的人，一定是不知道我有多懒。如果知道了，他们一定会掉转头落荒而逃吧。所以，面对我的追求者，我总有些没底气、不自信，总觉得他们没准儿哪天就会被我吓跑。

可是，尽管这样，我还是没改掉我懒的坏毛病，因为，我实在太懒了，我懒得改！

我曾问过先生："我这么多缺点，你为什么喜欢我？"

他却说："说说你都有哪些缺点。"

于是我如数家珍，一一道来：

1. 我长得不好看。

个子不高，脸蛋儿不俊俏：眼睛不大鼻子大，没有双眼皮，倒有双下巴。

哎呀，描述完，我自己都被自己恶心到了。如果我是男人，我才不娶我这样的女人。

可是先生说："你个子不高，小巧玲珑才可爱嘛。谁说你脸蛋儿不好看？你太妄自菲薄了，你笑起来尤其好看啊。所以我得娶你，让你天天都笑着过。"

他看看我，接着说："你冻龄有术。你看起来比实际年龄小了至少10岁。快别打扮了，否则出门，别人兴许以为你是我的女儿呢。"

先生就是会说话，且深知我心。每次，我看到大街上或电视里的美女，指给他看，他就会说"不喜欢这种脸型""小腿太粗了""皮肤好差""眉毛真奇怪"之类的话，虽然明知道他蓄意而为，让我觉得谁都没我好看，但心里还是美滋滋的。

女人，其实最愿意装傻了。装傻的时候，心里甜甜的。

2. 我不爱做家务

一直不明白，我那么懒，为什么先生从来没说过。除了一周做几次晚饭、吸尘一次，其他的家务，我从没插过手。

家里的花草，常常因为我忘了浇水而枯萎，然后跟他抱怨："这花也太娇贵了，不过两周没浇水而已，怎么就死了？"非要等他安慰我"旧的不去新的不来"我才罢休。

有时候卧房乱了，又不想收拾。我愁苦着脸："不想整理怎么办？"先生劝我："有人生活的地方能怎么整洁？什么东西都摆得规规矩矩，除非是没人住的地方。没关系，有点儿生活气息挺好，我喜欢。"

他洗完衣服，我要帮忙晾起来，他说："算了，你坐着别动。我俩观点不一致。我要从下面往上，一层层，充分利用空间；你就随便哪儿方便哪儿搭。这样容易产生矛盾。"

垃圾分类的时候入包，他说他来，味道太难闻；打扫洗澡间，他说他来，因为捞出来的长发太恶心。于是，我就这样被他宠得越来越懒，简直没个家庭主妇的样子。

"你不嫌弃我懒吗？"我问他。

"唉——"他故意长长地叹口气，"你懒都是我惯出来的，没办法，我只好忍受着啦。"

有时候，我真的担心，若是离了他，我还能不能活下去。因为我基本没去超市买过东西，都是我开单子，他下班捎回来。

3. 我脾气暴躁

"你有没有嫌弃过我脾气暴躁？"

"自然有。好好说着话，你突然声音就高起来，这一点我真的不喜欢，你必须改。"他认真地回答。

我嘟起了嘴："那肯定是你惹到我啦。好好的，我怎么会突然生气？一定是你的提议让我觉得你没有为我着想，或是没考虑我的感受，或是……总之，是你让我不高兴的。"

"就算那样，你不能好好说话吗？为什么非要那么急呢？"

"人家就是那样的脾气啊。我不高兴了就嚷出来，过几分钟我又雨过天晴了，不比我憋着不说好吗？是你让我有什么说什么的。"我争辩。

他似乎说不过我，正色道："你有理。但是，你那么急躁，会影响全家人的情绪的。以后还是要改一改。"

我嘴里答应着好好好。十分钟后又忘了。我总是这样屡教不改，急性子、容易发火。我自己都讨厌这样的女人。

4. 挣得少花得多

赌咒发誓地说不再买鞋子，因为家里还有没有拆盒的，更重要的是，鞋柜里四分之三是我的鞋子，实在没地方放了。但是，一出去逛街，看到好看的鞋子，就完全没有抵抗力。

于是觍着脸说："破例一次，就这一双，保证不再买了。"语气极为诚恳。多少次，我这样出尔反尔，连我自己都想唾自己一脸。

我挣的是先生的三分之一，但花的绝对是他的两倍。没办法，女人需要的东西太多了啊：钱包，得要个喜欢的吧，天天随身携带的；手提包，得要个大牌吧，大牌好搭衣服，这样衣服就不用买那么多了。可是衣服真不用买吗？春夏秋冬四季，总得添置件新的吧。冬天，围巾帽子各两件，必不可少吧；夏天，太阳镜、太阳帽得买吧。什么？去年的？去年的都旧啦。

对，还有香水、口红，各种护肤品、化妆品。做女人容易吗？还不是想打扮好看点儿，让先生带出去也有面子。

香水，得分室内和户外的，最好浓香型和清香型都有。口红两支就行了？你开玩笑吧。你知道香奈儿的口红有100多个色号吗？这么多颜色，总得拥有至少五六个色号吧，这样才能根据天气、心情、场合和衣服，找到合适的口红色来搭配。

······

我真是太作了。我要是男人，我绝对不娶我这样的女人！

5. 超级黏人

先生还没离开家，我就开始问："你几点回来啊？"然后，他若提前到家了，还好；若是比预计迟了，没准儿就晴转多云了。

看电视，要把腿架在先生的腿上。睡觉，要先面对面搂几分钟，困了侧身背对着他，他要从后面搂着我，等我睡着了，他才可以以自己喜欢的方式入睡。

不能忘了讲"晚安"。早上若是忘了kiss goodbye，那这一天，他绝对没有好日子过。

6. 骄横又善妒

先生跟前女友一起养过猫。若干年前分手的时候，那只猫猫随女朋友生活。那年猫病入膏肓，她给他打电话，问要不要去看最后一眼，然后给猫注射安乐死。

他问我要不要一起去，我想了想，答应了。虽然对他放心，但有些事，还是在自己掌控下比较稳妥。

我们约在兽医店见面。握手，问好。她接近1.8米的个子，在气场上一下子就压倒了我。我挺了挺胸，直起腰，恨不得高跟鞋再高出一公分。好在那天，她因为猫的事没有化妆，我却烈焰红唇，自信上我又扳回了一点儿。

他们俩对着躺在手术台上的猫，伤感着，一个抚摸着猫头，一个抚摸着猫背。那情绪，就像面对一个共同的亲人。我心里一万只草泥马跑过：那么多年了，老猫都不一定认得他了！这是在为猫难过，还是在为彼此感伤？

我瞅到机会，狠狠地递了个眼色给先生，那意思是：够了，点到为止，否则老娘这暴脾气可说不准会讲出什么话来的。

先生倒是冰雪聪明，马上领会了我的意思，提议现在就给猫注射吧，免得遭罪。后来我们三个一起，在她家院子里挖了个坑，把猫给埋了。

埋完，我长舒一口气：他们之间最后的一点儿关联，也终于被彻底清理了。

我经常爱问他前女友的事儿，每次他回答我以后，我又吃醋到不行。后来，我再问相关话题，他就会警告我："你确定要听？如果一件事情，你不想接受它的答案，就最好不要问哦。"

但我就是喜欢折磨自己。

好了，到此为止吧，不能再数了。我已经嫌弃自己到骨子里了。今后真要少作点儿，若是我把先生给作没了，我去哪儿能找到这样一个一模一样的傻帽儿。

"我又丑又懒脾气又暴躁，你为什么还娶我？"

"唉，命运弄人啊。你是我逃不掉的宿命。"先生刮了下我的鼻子，无可奈何地说。

安全感，
才是女人永远的春药

（一）

先生怕热。22摄氏度的天气，他就已经穿上大裤衩，张罗着要开窗透气了。可是，每年我们回中国探亲，都是在盛夏，因为他的年假，固定在七月底八月初这个时候。

去年我们回中国的时候，又适逢高温期，经常40摄氏度。出门打个车的工夫，他就已经汗流浃背。为此，今年我建议，我一个人在四五月回去，一来温度适宜，二来也可以节省开支。

可是先生不同意。

"你忘了我们的约定吗？我们说过的，以后，不管去哪儿，都要一起。"他有些不高兴地说。

我当然没有忘记。那是我终于办好来欧洲定居的手续后，他去中国接我，在北京首都机场第三航站楼，他把我的双手握在掌心里，看着我的眼睛说："真好。我们再也不用在机场说再见了。从此以后，无论去哪儿，我们都一起。出差除外。"

他说得很动情，因为之前，他十几次来中国看我，不得不说再见的时候，他总是湿了眼睛。

我听得感动，但并没有把这句话当真。时间流逝，生活渐渐归于油盐酱醋。以后的日子，我们得从经济的角度、方便的角度去安排旅行和探亲，哪能上纲上线？

可是他就认真了。这么多年，无论去哪儿，热也好，累也罢，他无怨无悔陪在我身边。我常常无可奈何地抱怨他迂腐。

回中国之前，朋友祝他度假愉快，他自我解嘲地说："其实，去中国不算度假啦。我就是行李搬运工，一个大背包，两个大箱子，在三四十摄氏度的烈日下，你想想……"

我没好气儿地说："那你就不要去了呗，我自己回去就好了。"

他正色道："确实不算是享受，但是我愿意陪你去。最重要的，是在一起嘛。"

我也知道，他跟着我回中国不自由：我们说话他听不懂，看我们大笑，他只好睁着无辜的大眼睛看着我。但他自得其乐，总是用他仅会的几句汉语，试图去跟大家做简单的沟通。

我回去，主要是见亲戚朋友，自然也就无暇顾及他的感受。他就负责背个大包，到每一家的时候，把我们带给亲戚的礼物背上。姐姐笑话他就是一个"活的大礼包"。

虽然怪他迂腐，可正是他这些一诺千金的细节，才让我非常有安全感。

（二）

都说异地恋不容易，何况我们是跨国恋。但因了他的"靠谱"，我真没有觉得跨国恋有多难。

那时候，我们相约每周日视频一次，平时主要靠邮件和短信。每天早上，他起床第一件事，就是一边喝咖啡一边给我写邮件；吃过早饭开车上班，到了公司，第一时间给我写封邮件报平安；下班关电脑之前，写邮件；晚上睡觉前，是一天里的最后一封。

其他时间里，他不定期地给我短信或邮件。频繁的联系，让我并没有觉得他离我很远。而且他最好的一点就是，他并不要求我也这样做。比如我跟闺密逛街的时候经常忘了看手机，常常一打开，看到他好几条短信。我不回，他也不怪我，只是偶尔说，他有些担心，让我看到回复。

他对我的好，让我踏踏实实感受得到；同时，我又没有压力，要时时处处关心着他。这样一种状态，让我觉得舒服又自在；更重要的，即使跨国，仍让我很有安全感。

（三）

可是，好脾气如他，也有不沉稳的时候。

一次我和两个女生两个男生一起去五道口的酒吧玩儿。去之前，我给他发短信说了一声。他对中国的酒吧不够放心，就嘱咐我早点儿回去。中国时间晚上11点的时候，他听说我还没回去，就每隔半个小时催促一次。到12点半的时候，他每隔15分钟就是一个国际长途，催我赶紧回去。

"你烦不烦啊。酒吧里12点1点才是热闹的时候呢。"我发火了，"何况，我们一共5个人，又不是我一个！"

"不管你们多少人，我不在你身边，都不安全。"他霸道而肯定地说，"对不起，我不能陪在你身边，我请求你原谅。但你现在必须马上回去。"凌晨1点半的时候，他下了最后通牒。

同行的几个人看他电话这么频繁，虽有点儿扫兴，但都表示理解，就陪我打道回府了。他这才放下心来。

他自己也很自律，从来不去酒吧，不喝酒精饮料。下班健身，然后按时到家。即使一个人，也会自己做一顿热饭菜，不会去外面凑合。

后来他问我："你会不会觉得我很无聊啊？我的生活太规律，从来不宿醉，不喜欢跳舞。"

"可不。你都提前进入退休生活状态了。你缺乏活力啊。"我故意打趣。但其实，我喜欢的正是他严谨的生活态度。虽然我偶尔喜欢凑热闹，但骨子里，我也是保守的人。

（四）

先生严谨，但并不刻板，相反，他的幽默感很有些信手拈来的感觉，家人朋友都喜欢和他相处。

我的中国朋友来家里玩儿，我们总会用汉语吧啦吧啦狂聊。说到激动处，我眉飞色舞，语速加快。他适时递给我一杯水，坏坏地提醒我："别忘了喘气哦。"

一次公司组织大家出去旅游，机场返回的时候，他提醒大家别忘了行李："检查一下，有没有忘记什么东西，比如包啦，衣服啦，书啦，孩子啦。"大家哄堂大笑。

最重要的是，仿佛没有他解决不了的事。不管发生什么状况，我火急火燎给他打电话，他总是回答："不用着急，有我呢。"然后，他果真一一解决了问题。

不管做什么事，他总是先想到我；他的计划里，永远有我。这让我觉得无比心安。物质生活，过得去就可以了，千金难买的，是心安啊。

暑假回去跟同学聚会，一个女同学问我："你这个刁蛮的家伙，居然没听你抱怨老公不好。"我得意地笑："真的没什么好挑剔的，我不能杜撰啊。"

缺爱如我，最缺乏的就是安全感。等待、寻觅，直到遇见他。有了他之后，我不再羡慕别人。

（五）

老友在朋友圈晒美食，我发过去一个馋极了的表情。他回："谁让你跑那么远。中国这么多男人，就没有一个你相中的？"

我哑然。是啊，中国地大物博，好男人自然也多如牛毛。我为什么要远嫁海外，为了一个男人背井离乡、天天想念大中华的美食呢？

思忖片刻，释然。中国好男人是很多，但我没有遇到一个愿意像他一样，倾尽所有对我好的人。我也曾努力过，但没能找到一个能给我安全感的人。

遇到，需要缘分。既然上帝让我们遇上彼此，一定是有他的道理。

我坐在门前长廊下，
看着我新鲜的达西爱情

这边相处熟络的小姐妹们，说到我家达西先生，语气里无一例外地透着赞美："你家先生对你真让人羡慕，出去玩儿眼睛都在你身上，帮你开车门、帮你拉椅子，那么贴心。你们俩啊，还跟谈恋爱似的。"

不可否认，她们说的是对的。先生对我，无可挑剔。但是，我想说的是，认识八年多来，我的付出也不少啊。

1. 少抱怨多包容

那种单方面的对你好到极致的情况，只会发生在热恋期。相处久了，激情在柴米油盐中消磨，即使是女神，也有走下神坛的那一天。总是一方付出、另一方心安理得地接受对方的好，这种关系，在爱情和婚姻里，是走不下去的。

先生不吃鱼虾海鲜，不吃动物内脏，不吃肥肉和带骨头的肉。他最害怕的，是看到我啃鸭脖子和鸡爪子的样子。可偏偏，这些是我的最爱。

为了让他能安心地吃顿晚餐，五年来，我家厨房里从来没有鱼虾的腥味儿，没有出现过红烧肉、大盘鸡，没有猪肝汤、烧肥肠。想吃这些的时候，我就找机会去中国餐馆解解馋。他出差不在家的时候，我就马上炖鸽子、红烧排骨、煎虾，过过嘴瘾。

朋友从中国过来的时候，给我带了武汉的鸭脖、周黑鸭的翅尖，我也趁他上班不在家，风卷残云般消灭了，然后再把那些骨头渣子清理干净，不给他添堵。

其实，我完全不必这么苛责自己。但是，千金难买我愿意。我做的菜，看他吃得香，我才觉得有成就感。若是我只顾自己口腹之欲，那一餐饭于我，就少了些味道。

试想，若是我喋喋抱怨："你哪儿来这么多毛病？这不吃那不吃的，害得我也吃不成。"先生势必沮丧不开心。既然这个人值得你跟他过一辈子，何不退让一步？对方会从你的用心和体贴中感受到温暖，从而愿意加倍对你好。爱情最好的状态，就是互相亏欠。

要想爱情不被时光消磨，就少一些抱怨，多一些包容。两个人，来自不同的家庭，在不同的地域长大，总会有些生活习惯格格不入。婚姻是双人舞，一个人前进，另外一个人就要后退，这样才会舞动得和谐美好。

2. 大胆示爱

有科学家说，爱情的激情期只有60到180天。之后，或者转化为亲情，或者走到陌路。我相信这句话，激情本就是短暂的。在婚姻里，我们要和对方一起走过几万天，如何不让爱情在平淡的日子里消弭？如何让婚姻生活有滋有味？

经营婚姻，示爱是必不可少的。下班到家，一个大大的拥抱；散步手牵着手；看电视的时候，你帮我捏捏肩、我帮你揉揉腿；临睡前的晚安吻和早起时的早安吻；先去上班的那个，吻别还未离家的那个。这些日常，是感情的保鲜剂。因为，分别了一天，见面时的拥抱其实暗示的是彼此对对方的需要；晚安吻让一天在美好中结束，早安吻伴着鸟鸣声，让一天有了一个甜蜜的开始。吻别表达的是：为了挣钱养家，我不得不暂时与你分开，但我会想着你，晚上见。

前任曾经说我是生活在琼瑶小说里的一代。他说，你想要的这些，没有男人可以做到；生活就是平平淡淡，哪有那么多风花雪月？可是他错了，我相信有人可以做到，并且我找到了。

示爱，还包括做羞羞的事。花有五颜六色，人有七情六欲。英语的造词有时候也是很巧妙的，比如make love。性爱这件事，还真能制造出爱来。

大城市里，生活节奏过快。年轻人又是事业冲刺的阶段，加班以后，拖着疲惫的身躯入睡，往往会忽略了枕边人，尤其是已经在一起几年了的伴侣。但是，科学实验证明，性爱是感情的润滑剂，是爱情保鲜必不可少的示爱环节。

3. 适当的感激和赞美

不管多出色的伴侣，也需要你懂得欣赏。他送你礼物，你应该表现出开心，让他知道，他的金钱和时间花得是值得的；他洗衣做饭，你应该表现出感谢，激发他更多地去分担家务。

偶尔的赞美，也是爱情保鲜的一剂良药。我跟他父母聊天，夸奖他们把儿子培养得优秀；或是朋友一起外出的时候，有意无意地说到他的好。通过别人转达的赞美，比当面的夸奖更有效。

不要觉得这样做是心机婊，只要这些不是昧着良心说的，有何不可？换作我们自己，有付出也希望得到认可，希望得到他的赞美，不是吗？

4. 培养各自的爱好

生活就像心电图，若总是一条直线，可不是好兆头。天长日久的，生活需要一点儿波澜。培养一两个爱好，是婚姻保鲜的好办法。

如果你们俩恰巧有相同的爱好，那再好不过了。一起去打球、一起去击剑，在玩乐中增进感情的黏度。若你们是截然不同的两类人，也没关系，各自有自己的兴趣点，回来后可以交流下心得和收获。

生活最怕的是一潭死水一样的日子，每一天、每一年，周而复始。兴趣爱好能给生活注入活力，也能让人精力充沛，情绪饱满。

我跟先生有一个共同的爱好：徒步。每周一次，我们共同活动。其他的爱好就各不相同了，他喜欢射击，我喜欢跳舞；他喜欢跑步，我喜欢瑜伽。生活被爱好充斥着，既愉悦了身心，又降低了两个人磕磕碰碰的可能。

5. 创造有情调的相伴时刻

深情不及久伴，厚爱无需多言，都说陪伴是最长情的告白。夫妻生活中，一定要多创造属于两个人的时间。一起旅行、看电影、共同做晚餐、窝在沙发上促膝长谈，或是就只静静地坐着各自看书，都是健康的相处方式。

在陪伴的同时，如果能适时创造点儿浪漫氛围，效果会更好一些。比如，天气晴好的时候，坐在阳台上享受日光浴，配上两杯红酒；特殊的日子里，把灯光调暗，点亮家里所有的蜡烛——烛台最好是经过精心挑选的；隔三岔五买一束小花，给屋子增添点儿生气；偶尔给对方买个小礼物，更是事半功倍。

6. 吵架一定要当天和好

牙齿和舌头都有打架的时候，何况两个活生生的人。小吵怡情，解决得好甚至可以增进感情。

但是，带着情绪进餐或入睡，对身体都有伤害，而且还会影响到第二天的心情。俗话说："夫妻没有隔夜的仇。"小情侣吵架，要速战速决、不能拖延到第二天。

我们中国女孩儿往往比较含蓄，越是生气，越是死不说话，总是希望男人能猜出来她的心思，跟她表态、道歉。若是男生没有表示，双方往往冷战好几天甚至一两周都是常有的事。殊不知，冷战是感情保鲜的死敌。

没有人是你肚子里的蛔虫。有什么不高兴的，吧啦吧啦说出来，抬抬杠，互相理论一番。睡前和解，仍然拥抱着入睡，这才是正确的吵架方式。

爱情保鲜没有捷径，需要用心经营。除了以上讲到的，小情侣之间还要注意保持不失联；不要轻易说分手；有话好好说，尽量不跟对方发脾气。

这些感情保鲜的小方法，是在双方对感情忠诚的条件下。感情里若是带了欺骗，就像摩天大楼坏了根基，随时有倾塌的危险。那种情况，别说6条，60条也难让爱情保鲜了。

躲在安静角落回头看，
爱依旧是新鲜的模样

我怀里所有温暖的空气

变成风也不敢和你相遇

我的心事蒸发成云

再下成雨却舍不得淋湿你

躲在安静角落如果你回头看

不用在意

——林宥嘉《背影》

暗恋很苦。

好友香香是个很好看的姑娘，笑起来眼睛弯弯的。丰乳肥臀，却有盈盈一握的小腰。从中学时候开始，香香身边就不乏追求者，可她偏偏只喜欢程呈。

程呈高中时是学校的播音员，香香就去给校广播站写通讯稿。每次听到程呈读她写的稿子，她就一脸花痴样陶醉地笑。但是当着程呈的面，她立马隐藏起所有情绪，装出一副大道朝天各走一边的样子。

大学时异地，香香有程呈的各种联系方式，但她怎么也不敢告诉程呈她喜欢他。

香香并不是一个胆小的姑娘，大概越是在乎，就越怕被拒绝吧。狮子座的我，最受不了磨磨叽叽，信奉长痛不如短痛，喜欢快刀斩乱麻。暗恋于我，顶多一个月的事儿，再长估计男神还不知道，我已经先疯了。

"既然爱，干吗不勇敢一点点？也许你走出一步，对方会向你走过来九十九步也未可知。"我建议香香暗示程呈一下。

"不行不行，万一我先表达了人家没这个意思怎么办？岂不是朋友也没得做？"香香紧张地说。看着香香失魂落魄的样子，我觉得，就算不做朋友了又有什么，也比在这儿患得患失的好。

"现在这个状态，我起码还能正常联系他。"香香说，"没关系，我是个长情的人，我可以等。"我真的不理解，长情是好事，但是，暗恋这场你一个人的独角戏，越长情岂不越痛苦？再说，万一别人心有所属了怎么办？

香香也怕这样的情况发生，但她还是不愿做主动的一方，而且再三嘱咐我不要走漏了风声。

大二的暑假我们一起出去唱歌。程呈那天喝多了，打车回来的时候，扶着车门不让香香上车："你先告诉我，你是不是喜欢我？"他醉眼蒙眬地看着香香，一定要她回答。香香扒拉开他软绵绵的胳膊，说："你喝多了，明天等你酒醒了再说。"

回来后我质问香香，为什么不直接回答他。香香却担心地说，他问我喜欢不喜欢他，他为什么不问我知道不知道他喜欢我呢？一定是他看出来我喜欢他了。

程呈后来在大学有了女友，香香哭得要死要活。我哀其不幸，也怒其不争。"早知今日何必当初，追过失败了也就甘心了。你这倒好，出师未捷身先死。"我唠叨她。

这次香香是真受了刺激，豁出去了。她打电话让程呈有空来她学校一趟，她有东西要给他。

第二天，程呈就出现在了香香面前。香香把自己写过但从未寄出的信还有日记本，一股脑儿扔到程呈面前。

香香和程呈终于在一起了。程呈坦白，他其实喜欢香香好久了，但是因为追香香的人太多，他不够自信。他等过，可是香香没有任何暗示。他等不起了，就找了别人。失而复得，香香激动得梨花带雨。

互相喜欢的两个人，因为不自信，因为彼此都不主动，经历了纠结的几年，差点儿错过对方，实在让人感叹。好在香香终于迈出了勇敢的第一步，避免了悲剧的结局。

明明深爱，却要装作若无其事；明明关心，却要装作毫不在乎；明明思念，却要装作心无挂碍。活着就像在演戏，累不累？

曾经读过这样一个故事：女主有点儿胖，一直自卑不敢跟男神表白。她错过了毕业季，惆怅；听说男神有了女朋友，忧伤；最后接到男神的结婚请柬，心碎。在婚礼现场，她后悔不已，跑到洗手间崩溃大哭。因为她发现，男神的新娘子比自己胖多了！如果当初自己勇敢一点点，或许也有可能，可现在，由于曾经的懦弱，自己再也没有机会了。

作为女生，喜欢一个人，我们可以适当暗示。一味地讲究矜持，大可不必。莽撞，可能使你后悔一阵子；怯懦，却可能会让你后悔一辈子。

喜欢就去撩一下，不要总以为对方知道你心里在想什么。有些人就是慢热，他看不到你故意伪装的不在乎下面一颗热切期盼的心。当然，女孩子主动，不是让你大大咧咧地在楼下用蜡烛摆成心形，搞不清楚对方心里有没有就去告白，女孩子的主动还是要温婉含蓄一点儿的好。比如你可以尝试以下几种方法：

1. 约男神一起去图书馆

这是一种比较保险的试探。总是约他一起，装作有意无意地帮他占座；很自然地给他捎一瓶他爱喝的饮料。次数多了，起码他会知道你对他有好感。

2. 给男神做小点心

喜欢一个男人，可以从讨好他的胃开始。找个适当的机会，给他做点儿小点心，或是给他做个拿手好菜。这一撩技，是让他看到你贤惠温柔会持家的一面，绝对加分。

3. 送精心挑选的小礼物

小礼物总是受欢迎的，不管男生女生，收到心仪的小礼物总是开心的。礼物不必贵重，但要特别。比如，爱打篮球的，可以送个上好皮质的篮球；爱写书法的，可以送毛笔、砚台之类；男神生日的时候，买份他出生那天的老报纸；开车的送个颈枕，骑车的送个软坐垫等等。

4. 邀请他一起做运动

　　运动是非常中性的见面场所，打着为了健康的旗号，创造一些相处的机会。多备上纸巾或干净清香的小毛巾，需要的时候，不经意地递过去。当然，不要太夸张，别让他明显觉得你处处关心着他，以防他傲娇。要润物细无声地让他觉得你很体贴，但仅此而已。

　　类似这些，大家可以举一反三。这些小行动，其实不是女生主动追求，只是递过去一枝橄榄枝，给他一个小信号：喜欢我的话，就来追我啊。如果他对你有意思，你的暗示会让他比较有信心能追到你，这样，他该出手的时候就会出手，不会让你遥遥无期地等了；如果他完全对你没有意思，双方保持在这个距离也很自然，女生不会觉得没面子，男生也不会觉得有亏欠。

　　当然，以上这些比较适合初期。如果双方已经处于暧昧阶段，你想让关系有个突破性发展，或者你是个敢于主动去爱的女孩儿，完全可以直接约跳舞、游泳、短途旅行这些项目。

　　释迦牟尼说："伸手需要一瞬间，牵手却要很多年，无论你遇见谁，他都是你生命里该出现的人，绝非偶然。"若无相欠，怎会相见？

　　爱就勇敢一点点，主动撩一点儿。男人是直线思维，在察言观色猜心思上，比我们可差远了。帮人同时帮自己，复杂问题简单化，给他们一点点小暗示吧，免得我们错过了生命中对的人。

第二辑

每个女人心中

都住着一位达西先生，

将爱情变得

高贵而温暖

大叔，是少女的那株罂粟花

2013年大学毕业，木槿选择了留在北京。她爱北京的地铁，四通八达；她爱西单，那里商场如林，纵横的立交桥，永远没有休止的车流，让她体会到生活的忙碌和美好；她爱南锣鼓巷，尤其是那些充满情调的小店，即便什么也不买，逛一天也不会感到疲倦。

北京有太多让她割舍不下的东西，是文化，是品位，抑或是底蕴。

入职的第二天，木槿就认识了李哥。李哥长得挺正挺精神，就是矮了点儿。这样的男人，根本入不了木槿的法眼。木槿心高气傲，她不是个容易动心的女孩儿。

可渐渐地，木槿发现李哥是个很有意思的人。他的幽默风趣和好人缘儿，让很多女同事喜欢和他结伴去餐厅。木槿有时也加入他们，听李哥海阔天空地谈书法、谈人生。李哥对木槿很照顾，木槿亲切地喊他"小李叔"。

　　第一次听到李哥谈书法的时候，木槿的脸上掠过一丝惊讶：学理科出身的人喜欢书法！她忍不住认真地去注视那张脸，巧合的是，李哥也正好在看她。她心里竟异样地有一丝慌张。

　　2014年的春天，比以往来得稍早一些。随温度一起改变的，还有木槿的心情。不知道从什么时候起，她发现自己越来越喜欢上班了。她喜欢和李哥待在一个办公室的感觉，她觉得李哥也喜欢没事找事地往自己办公桌这边跑，虽然他对别的女同事也都很热情，但木槿就是感觉他看自己的眼神不一样：那种藏在眼底里的笑，只有像木槿这样敏感而多情的女人才能发现。

　　桃花烂漫地开了，银杏的叶子嫩绿中泛着乳白。木槿正在做账目，听见李哥跟几个同事议论着周末去哪儿自助游。

　　"木槿周末有时间吗？一起去吧。"是李哥好听的男中音。木槿本来周末已经有了安排，却鬼使神差地答应了。

　　木槿知道李哥已婚；李哥知道这个小女生才22岁，比自己小了整一轮，但是，两个人无法控制地跌进了热恋的旋涡。

　　后来东窗事发，李哥被迫辞职离开了公司。

　　木槿在日记中写道：

　　还记得你午餐时给我们讲《兰亭序》的歌词吗？情字何解，怎落笔都不对。你是对着我们几个说的，不过可能只有我听进去了。

　　后来你从《兰亭序》讲到《青花瓷》："你的美一缕飘散，去到我去不了的地方；天青色等烟雨，而我在等你。"你哪里知道，这些句子都是我喜欢到骨子里去的。我就这样慢慢迷失了自己。

　　我，作茧自缚……

我害怕自己会爱上你，因为我知道，我们没有结局……我从来没有跟你说过"我爱你"，即使心里的感觉强烈得呼之欲出；这一辈子，我是不会跟你说这三个字的，因为我们这种关系，担当不起……

我懂你的无奈，明白你的累，就连你几次跟我欲言又止的你的苦衷，我也能隐约猜到几分。

可我真的受不了，受不了苦苦等到你上了线，却见你的头像变灰，然后告诉我，不能跟我聊了，也不要再给你的手机发短信。我发誓我理解，可我心里疼……心里疼……疼到我的手无法敲击键盘，疼到我的心紧紧缩成一团。那一刻，我从心的阵痛里，明白了你在我心里的位置。

我们能怎样？我们只能在阴暗里悄悄生息。我知道自己在你心里的地位，虽然你对我好，但是，你会像一只愤怒的狮子保卫着你的家，保卫你现在拥有的一切。我是一个你可以放弃的女人，你可以理智地帮我安排我的幸福的女人……

忘了你从11层跑下来的可爱吧，忘了你夜里搂我入怀时那一刻我的感动吧，忘了你给我的激情的销魂的快乐吧，没有什么是不可以忘掉的。虽然很痛，但我可以做到。

本来不属于我的，我把你还回去。你带着回忆，我带着伤口，各自转身吧。

木槿是我的忘年交，她原本并不是大叔控。她更没有想过，自己会成为曾经最不齿的小三。但是，李哥的魅力，轻易地就让她对大叔路转粉了。

无独有偶，昨天，一个23岁的男简友找我倾诉，他追了两年的姑娘最终投入了一个大叔的怀抱。

　　那么，小女生们到底为什么就成了"叔控"呢？总结起来，有以下几个因素。

1. 成熟的男人味儿

　　"时间给了男人味道"，《蜗居》里面的宋思明，他处理事情时的干练老到，他对海藻的深情体贴，即使海藻不要他也舍得为她花钱时的爽快，别说18岁到25岁的女孩儿了，即便年过三十的重熟女也难免少女心泛滥，估计也会被宋思明诱惑得五迷三道的。

　　看看娱乐圈那些40多岁的男人，比如吴秀波、张涵予等，脸上还没有皱纹，但岁月却赋予了他们独特的气质。这种男人，很容易让小女生心动，杀伤指数极高。在国外，这种人被叫作lady-killer（女士杀手），而在中国，可以毫不夸张地说，他们简直就是少女杀手。

2. 丰富的经历

　　人最容易仰望自己达不到的高度。缺什么，就会特别想要什么。小女生们还没有丰富的社会经验和生活故事，因而特别羡慕大叔们的人生阅历。

　　听大叔们讲当初的白手起家、讲自己去国外出差的见闻，比听同龄男生说"我高中的时候"有意思多了。

3. 安全感

大叔们已经阅尽千帆，可以对其他女生视而不见，不会在美女身上移不开眼睛，因为这与他们的年龄身份不相称。因而他们会处处以身边的小女生为中心，一般不会让小女生吃醋嫉妒。

经历过的多了，大叔们从心底里渴望港湾。他们会比年轻男生更愿意走进婚姻，从而让女孩儿觉得更有安全感。

4. 会照顾人

大叔们一般都有了一定的经济基础，跟着他们，坐在副驾位置，他还会把靠枕调到合适的位置。无微不至的关怀，让你再也不愿意挤在晃晃荡荡的公交车里。

《北京遇上西雅图》里，当佳佳跑掉鞋的时候，大叔脱下自己的鞋给佳佳穿上，就算光着脚，也要让跟着他的人感到温暖。

5. 社会风俗

中国自古以来就有老夫少妻的习俗。过去的男人三妻四妾，已经五六十岁，还娶进十七八岁的妾，是很正常的事。

虽说如今人们思想西化，但多年来的一些传统认知根深蒂固。

我们听说谁娶了比自己年轻10岁的女孩儿，觉得很正常；要是谁嫁了比自己小10岁的老公，就会很惊讶：真的啊，小这么多啊！

据一项对18岁到25岁女性的调查表明，有70％的女性有"大叔控"情结，希望在择偶时找比自己年龄大10岁左右的"大叔"，当然，这些女性中只有17％真正同大叔谈过恋爱，成功结婚的只有2.7％。

大叔，是少女的那株罂粟花。我们没有权利对她们的选择做道德评判，只是想郑重提醒一下少女们：大叔可以爱，但有家庭的大叔万万不可招惹，否则，很有可能会像木槿一样，最终带着伤口，黯然离开。

爱情里，
你是一树一树的花开

你是一树一树的花开，是燕

在梁间呢喃，——你是爱，是暖，

是希望，你是人间的四月天！

一代才女林徽因，在建筑学上的成就很高，在诗歌、话剧、散文上的造诣也不可低估。可在我眼里，她最大的成功不是这些光环，而是她婚姻上的成功。我信奉一句话：人的一生，最大的事业，莫过于对家庭的经营；最大的成功，莫过于家庭的幸福。

毋庸置疑，林徽因的一生是幸福的。事业上他们相互裨益，中年后林徽因患病期间，梁思成鞍前马后地伺候，充满温情与爱意。

梁思成的胸怀，我们可以从以下两件事看出来。

一件是他们结婚以后，梁思成从外地回来，林徽因很沮丧地告诉他："我苦恼极了，因为我同时爱上了两个人，不知道怎么办才好。"梁思成第二天告诉林徽因："你是自由的，如果你选择了老金，我祝愿你们永远幸福。"此后的几十年，金岳霖总是与他们夫妻比邻而居，梁思成不仅不吃醋，三个人反而成为了至交。

还有一件是当徐志摩飞机失事以后，任性的林徽因要求梁思成帮她拣回一块飞机残骸，就挂在他们卧室里，以示怀念，梁思成也没有反对。

集美貌与智慧于一身的林徽因，身边有一众优秀男人围着她转。婚后，梁思成曾问林徽因："有一句话，我只问这一次，以后都不会再问——为什么是我？"她浅浅笑答："答案很长，我得用一生来回答你，准备好听我了吗？"这个问题，梁思成真的只问了一次，此后两人相濡以沫27年，互相扶持，彼此信任。

温柔敦厚胸襟博大，嫁了这样的男人，已经是有一只脚迈进了幸福。林徽因之所以能做出正确的选择，是因为她有着非常人所能及的智慧。

1. 注重人品，审慎不冲动

对一个女子而言，人生最重要的选择之一，莫过于选择嫁给什么样的人。因为嫁给一个什么样的男人，便决定了你会过怎样的一生。

在伦敦，在徐志摩紧追林徽因时，发现张幼仪已怀孕，便说："把孩子打掉。"早年打胎常有生命危险。张幼仪说："我听说有人因为打胎死掉的。"徐冷冰冰地回敬一句："还有人因为坐火车死掉的呢，难道你看到人家不坐火车了吗？"

徐志摩做的这些，一半是为她，一半也是为自己。自始至终，徐志摩就没有真正瞧得上张幼仪。他这么做，虽然满足了林徽因的虚荣心，但林徽因并没有头脑发热，答应他的追求。林徽因虽然浪漫，骨子里却是冷静而清醒的。面对婚姻，她相当慎重。爱情可以疯狂可以不计后果，婚姻却是要考虑到一生那么远的。

林徽因和徐志摩的决裂，大概就发生在徐逼着怀孕的张幼仪签字离婚的一瞬吧。那一刻，她可算看透了志摩风流背后不负责任的本质。

所以当徐志摩要求林徽因"许他一个未来"时，林徽因巧妙地回绝了，她并非对徐志摩没有感情，但是明白此人终非佳偶。林徽因以一句"你能帮我扛心里的重担吗？它会像千斤重担压我一辈子"委婉地道出了她对张幼仪的同情和对徐志摩的不满，在林徽因的心里，爱情的顶上还有一重道德的天。但是徐依然锲而不舍，追问："就为了成就那虚无缥缈的道德？"林徽因答道："道德，不是枷锁，而是对生命负责的态度。"最后加上一句，"我不是没有来，只是无缘留下。"林徽因就是这样一个浪漫而又有原则的女子。

相比较徐志摩，梁思成是梁启超之子，家教严格，品行端正。梁林两家是世交，对于梁思成的人品，林徽因是信得过的。事实证明，梁思成确实是有胸怀的男子汉。1944年，时任"战区文物保护委员会"副主任的梁思成建议不要轰炸日本古都京都和奈良。盟军的布朗森上校十分困惑，他不理解为什么一个中国学者要保护敌国的古建筑。梁思成解释说："要是从我个人感情出发，我是恨不得炸沉日本的。但建筑绝不是某一民族的，而是全人类文明的结晶。像奈良的唐招提寺，是全世界最早的木结构建筑之一，一旦炸毁，是无法补救的。"梁思成有两个至亲死于日本侵华战争，还能做出这么宽宏的决定，这样的胸襟怎不让人敬佩至极！

选择男人，人品最重要。嫁给一个男人，便是嫁给一种人生。我们要学林徽因，睁开慧眼，理智判断，而不要只靠一腔热情，一头栽进坑里。

2. 相信父母，不一意孤行

在林长民欧洲的家里，徐志摩遇到了林徽因，开朗活泼，明眸皓齿，处处透露出高雅的气质和绰约的风采。在目光交错的一瞬间，徐志摩久蛰的性灵顿时觉醒，从灵魂深处激起的诗情和喜悦连成一片。

徐志摩成了林家的常客。与天分极高、谈吐不凡的林徽因倾心长谈，成了他那段时间最大的享受和向往。在伦敦西区古老的街道上，在剑桥皇家学院的小径上，到处都留下了他们的身影。他们畅谈文学，谈理想，谈人生。徐志摩心中再也挥不去这位美丽才女的窈窕身影了。

林长民把一切看在眼里。他提笔给徐志摩写了一封信："足下用情之烈令人感怃，徽因亦惶恐不知何以为答，并无丝毫嘲笑，想足下误解了。"林长民欣赏徐志摩的才情，也知道徐志摩为了徽因决定离婚。但是丰富的社会阅历使他更多地为女儿着想，女儿还是中学生，如果卷入这场婚姻纠葛中，难免会受到社会非议。于是，1921年秋天，他带着女儿不辞而别，回国了。

一旦回到传统的现实社会，那曾经发生过的爱情故事仿佛也变得不真实了。家族中人一致反对，怎么能容忍徽因插足别人的家庭？怎么能容忍这样的名节受污？

林徽因也回到了现实。她没有像一般二十来岁的女子那样孤注一掷，为了爱情不计代价，而是在父亲和家人的劝阻中，冷静了下来。

3. 理性思考，有长远眼光

最好的爱情，从来不是凝望彼此的眼睛，而是携手眺望同一个远方。梁思成这位清俊的公子哥儿，在遇到她之前，就是清华大学的风云人物，钢琴、小提琴都会，同时是管乐团团长、校刊美编、足球健将。

林徽因是一个拎得清的女子。在比较之后，她决定与梁思成携手共同前进。诗人的热情和才华确实让人心动，但是漫漫人生路，热情会褪去，两个人总是要脚踏实地往前走的，而不能守着浪漫，互相凝视着一辈子。

一旦打定主意，她便再不彷徨。去美国留学的时候，林徽因虽然热爱艺术，却选择了需要艺术底蕴同时更加实用的建筑学。她懂得，人生关键处的选择，必须有坚强的理性做支撑。无论是选择专业、职业还是伴侣，道理都是相通的。

林徽因选择了跟梁思成一样的建筑专业，是有长远眼光的。后来的一生，他俩就像齿轴和齿帽，经过旋转、磨合，很合适地咬啮在一起，相互成全、相互扶持。他们情深意笃，得益于一个第三者：他们共同的事业。即使是在他们结婚20周年家庭聚会上，林徽因招待茶点之余，用来庆祝的一个重头节目却是做了一个关于宋代都城的建筑学术报告。

徐志摩是林徽因一生中胸口的一颗朱砂痣，但即使是在她的悼念文字里，她依然说"他如果活着，恐怕我待他仍不能改变""也就是我爱我现在的家在一切之上的确证"。

林徽因不愧为民国才女。她活得理智明白，在人生的关键节点上，为自己做了正确的选择。她嫁对了人，即使晚期颠沛流离，但心中一直充盈着爱，与梁思成相濡以沫，直到她人生的终点。

没人追？
换一下格局而已

有个姑娘在我的文章下面留言："我自认为自己长得还可以，可为什么总是没人追呢？"

她的话让我想起我室友。她长得跟漂亮完全沾不上边儿。她说从小到大，别人夸她，就没一个人说这丫头好看，都是说这丫头机灵。不过，从中学以后，她身边从不乏追求者。

我给那个姑娘回复说：一见钟情靠颜值，日久生情靠的却是气质和性格。男生并不都是颜值控。他们喜欢性感尤物，但他们追求的，却是让他们觉得舒服的、欣赏的。毕竟，谈恋爱是为结婚做准备，是关系到他们一辈子幸福的事情。

什么样的姑娘比较深得男生喜欢？萝卜青菜各有所爱，一般来说，温柔的、善解人意的、爱笑的、开朗活泼的姑娘，桃花比较旺，不过恬静的、忧郁的女生也会让男生深陷其中不可自拔。

但是，以下这几种女孩儿，却往往让男生退避三舍。

1. 总是喋喋不休地抱怨的

男人喜欢积极向上的女孩儿，最不待见的就是怨妇型的女孩儿。整天喋喋不休，负能量爆棚，怎不让人讨厌？

我们都有麻烦事，有时候总想跟别人倾诉，这可以理解，但要注意你吐槽的频率。大家都喜欢帮助朋友和家人，但如果从那个人身上只能感知到负能量，那么还是离得越远越好吧，尤其是当她总是反复抱怨同一件事的时候。

在北京的时候，我曾给同事中的一个大龄女青年介绍对象。我们三个人一起去玉泉路上的一家烤肉店吃饭，那顿饭我请，因为他们俩都是我朋友。

吃饭的时候，女孩儿先是抱怨炭火烧得不旺，接着嫌烤出来的油渍滴下去，产生的油烟太难闻。后来又说生菜不新鲜，送的小菜没有特色。最后吃完了，她还总结一下：这么有名的烤肉店，也就这样嘛，真不值这个价钱。

我很了解她，知道她就是有些挑剔，人还是相当不错的，但当时我还是有点儿愠怒。那是一种失败的感觉：我尽自己的能力，想让大家开开心心地吃顿饭，我花了钱可是她却没有吃好。我内心是沮丧的。

回去以后，我问那位男性朋友对她印象怎么样。他回复我："还是算了吧。一顿饭我净听她抱怨了，根本没吃好。这哪敢跟她处对象啊，岂不要一生听她在我耳边聒噪，耳朵非得起老茧不可。我宁愿单着，好歹耳根清净一点儿。"

2. 刻薄、睚眦必报的

刚来欧洲的时候，朋友在一家中国人开的鞋帽公司打工。老板娘是一个30多岁的中国女人。做了几天之后，我问她感觉如何，她说："我知道不能背后讲别人坏话，但这个老板娘，是我长这么大见过的最刻薄的人。"

他们家一共有7个雇员没有一个入得了她的法眼的。新来的雇员若是犯了一点儿错误，她会把错误放大100倍，而且不到半个小时，店里所有的人都知道了。她的语调充满了挖苦嘲讽，让人脊背发凉。雇员在她眼里就是低她一等，她化着浓妆，从来没有一个笑脸，正眼都不看别人一下。可若是顾客进来，她马上满脸堆笑，眼角皱纹里的粉，甚至都哗哗地往下掉。

当时一个新来的售货员，住得比较远。下午6点下班，她想提前两分钟走，因为若是误了火车，得再等一个小时。跟老板娘说了以后，老板娘冷笑了一下，说："那我不管。下班以后的时间是你自己的，工作的时间是我的。你再等一个小时，跟我有什么关系？"那个姑娘只好每天6点才走，一路狂奔去火车站。

老板是个会花钱的主儿，回一趟中国半个月，花掉80万。老板娘知道了，气得七窍生烟。但她不是当面跟老公谈，她选择了一个不可理喻的做法：她每天从收入里偷偷藏起来几百欧元，说要藏够80万人民币的私房钱。

后来没多久，老板娘就跟老公离婚了，如今过去了四年多，她还是一个人，因为熟悉的人都太了解她的性格了。

刻薄，是会随着年龄增长而变本加厉的。所以，我们要有意识地让自己宽厚一些。遇到别人无理地对待你，随他们去好了，没必要去报复，否则自己也变成了那样的人。男人对刻薄的女孩儿，是会敬而远之的。

3. 不会搭配的女汉子

男生不都是颜值控，是说他们不一定非要你肤白貌美、丰乳肥臀，但是，收拾打扮一下，给他们一个干净清爽的印象，却是非常重要的。

"没有丑女人，只有懒女人。"根据自己的喜好，整出自己独特的风格。如果你不喜欢化妆，就走清纯的邻家女孩儿路线，牛仔裤白衬衫，照样引得人频频回首；如果你娇小玲珑小鸟依人，可以走温柔的小家碧玉路线，一身得体的修身裙，与你相得益彰；如果你天生庄重大气，自然就可以走典雅大方的闺秀风，不管是民族的还是欧美的，你都可以驾驭；若你实在不喜拘束，就喜欢杀马特发型，喜欢哈伦裤喜欢打鼻钉，那就大胆走朋克风呗。朋克风并不是女汉子，朋克风其实是一种野性的张扬的美。

我认识一个在荷兰的中国女孩儿，名副其实的学霸，留学毕业后直接进了一个中国学生想都不敢想的荷兰少有的"吃皇粮"的单位。她工作出色，出差做项目，一个顶俩，绝对的巾帼不让须眉。1.76米的个儿，身板儿壮得像男人。工作7年了，从来没有人追过她。有一次她请同事来家里吃烧烤，我奉命去做帮手。大家在院子里边吃边聊，我开玩笑似的朝女孩儿努努嘴，问其中两个单身的男士："她也单身啊。你们没考虑过吗？"他们俩一愣，半晌才反应过来："还真没想过。就觉得她是一个能力超棒的同事，有什么问题会找她商量，谈恋爱搞对象从来没想到过她。"

好多女汉子，她们的颜值并不低，只是毁在了不会穿衣搭配上。她们给人的印象，让男人自动忽略了她们的性别，潜意识里把她们当成了同类。

过了三十的坎儿，这个女孩儿大概也有点儿着急。一次她微信给我发来一张照片："看看，怎么样，我新做的发型。"照片上的她，烫了个翻卷儿，这本是非常有女人味儿的发型，可是配上她那张大脸，加上她那身毫无特色的户外运动服，这种发型，真的不如她原来扎着简单马尾看着舒服。

我一时语塞，不知该怎么回复——我们的关系，还没好到可以对她指手画脚提建议的分儿上。隔了好几分钟，才违心地发了一句话过去：还不错哦，不过我觉得你更适合走干练的OL风。我不能太直接打击她，起码她意识到了要在自己的外形上下一番功夫了，这是好事。

男人喜欢会收拾自己的女孩儿，因为这样的女孩儿看起来有个性、有气质。上面提到的室友，虽然她不算漂亮，但她懂得点缀生活。周末的时候，她会美美地做个面膜，然后根据自己的心情选一个发卡。她的生日，她会买一个精巧的手机链送给自己。她的一举手一投足，不矫揉造作，但满满的都是女人味儿。这些细枝末节，连我都能感觉到她的小情调，而这些美好的小情调，折射的恰恰是她对生活的热爱。

有气质，当然不一定非要柔柔弱弱。如果你的风格偏中性，像刘涛那样攻气十足，也是有超强吸引力的类型。男人"好色"，这个"色"，更多的是指女人味、气质和风度。

所以姑娘们，宅在家里的时候，你可以蓬头垢面浴袍加身配

一双夹板拖，但是出门的时候，还是把自己干净利落地收拾一
下吧。也许出门转角就遇到了你的Mr.Right（如意郎君），谁知
道呢。

以上三种，有则改之、无则加勉。当然，还有些毛病比如消
极、自私、懒惰、拖拉什么的，也容易吓走优质男。但总体来
说，这三条是没人追的罪魁祸首。如若你美，这些都不是事儿；
如若你跟我一样，颜值不高，那就跟我一起做一个真正的白富
美：白在纯洁，富在温柔，美在心灵。

心灵美，包括很多方面，比如不要自私，时时处处多想着别
人；自信一些，因为自信的女孩儿总是自带光芒；善解人意，尽
量不让别人难堪，原谅别人的过错；有一颗善良的心，己所不
欲，勿施于人。

如果你温柔、善良、自信、善解人意，还怕没人追？

男人的那个梗，该散了

前一段时间，我写过一篇女生版的《没人追？换一下格局而已》，不少人振臂高呼，要求来个男生版的。今天我们就来聊聊，男生找不到女朋友是什么梗。

跟女生没人追的原因完全不同，男生在追女朋友的过程中变成输家，导致变成"滞销品""尾货"的原因，大部分归咎于以下这些因素。

1. 经济条件差

男生的经济条件不足以提供生活保障。

虽然现在这社会男女平等，女生不仅负责繁衍、养育，也要负责赚钱，但是养家糊口这种事，男生还是在承担着大半的重任。

亲戚家有个儿子叫大东，颜值没得挑。个子虽不算太高，但

1.75米，也算中等偏上了。大东学习一直不怎么上心，后来上了个机械专科。

上学的时候，他谈了一个女朋友，一个挺理性也挺风雅的女孩儿。大东诚实地告诉她，他家并不富裕，以后买房什么的家里都帮不上忙。女孩儿大度地说，没关系，我从来没想过要指望老人，他们把我们养大就已经不容易了。我们俩齐心协力，在这种三线城市交个首付买个房安家还是不成问题的。

大东感动得不知道该怎么爱她才好，就趁"五一"放假，带她去西湖玩儿了一圈。

毕业了，两个人去了同一家公司。在上学的那个三线城市的一家公司做质检员，一个月3000块的工资，两个人除去穿衣吃饭租房份子钱，每个月能攒下来的，只有不到1000。若是哪个月来个同学朋友，在饭店请个客，或是过年的时候回老家一趟，那个月自然就一毛也存不下来了，甚至还要动银行卡上的老本。

他们的恋情又持续了两年。不敢旅游、不敢铺张浪费，夏天煮锅粥，再拍个凉拌黄瓜、炒个苦瓜，就是他们的晚饭。他们最奢侈的享受就是去看个团购的电影——夜场的，便宜的那种。

两年以来，房价虽没有飙升，但上涨的比率还是肉眼可见的，然而他们银行卡上数字的上涨率却像老牛拉破车，极其缓慢。

女孩儿思前想后：涨工资，遥遥无期；买房，攒够首付的钱不知道要到猴年马月；不买房租房也行，可若是以后结了婚，有了孩子，想要租个两居室的，经济都不允许。

爱情，最终没有战胜生活的烟火味儿。女孩儿选择了转身，而他，居然连挽留的资本都没有。

大东至今仍单身。钱不是万能的，但是，钱可以带你走天涯，可以帮你实现理想，可以给你提供你生活需要的大部分东西。不是现在的女孩儿世俗，而是这个社会让她们背上了沉重的物质的枷锁。

男生，可以没有很多钱，但是你的经济能力必须能撑起生活的大半边天。

2. 没能力没潜力

男生的个人能力和潜力不够导致女生没有安全感。

大东的女友之所以跟他分手，并不是因为他现在赚得少。年轻，就是资本。只要有希望、有盼头，好多女孩儿因为爱情，愿意跟你过苦日子。

可是，如果男生的能力潜力实在有限，往前看，就像北京的雾霾，只有不到1公里的可见度，有多少人能够坚持走下去呢？

要让女孩儿看到希望，就得拿出实际行动来。或者潜心努力工作，力求学到一技之长，为以后打下基础；或者专注升职加薪，给女朋友带来短期效益；或者，发展第二、第三职业，变身斜杠青年。

当今这个年代，只要不懒，就不会穷。只要肯动脑筋，脱贫比上世纪容易多了。可你若不求改变，日复一日、年复一年，除了年龄增长，你的能力潜力一点儿不长，那就怨不得女孩子嫌弃你啦。

3. 形象太猥琐

男孩子，颜值真的不是那么重要，丑一点儿没关系，有身高就可以了；矮一点儿没关系，脸俊点儿也中。可是，若是又矮又丑又猥琐，出门真心带不出去，肯定会遭淘汰的。

我一女同学，在北京某高校教对外汉语。班上有个韩国男生对她死缠烂打，那个男生是她最不注意的学生，因为他长得实在是没有令人赏心悦目之处。

在他一系列糖衣炮弹的重磅轰击之下，我同学有点儿动心了，决定跟他相处试试，毕竟，他说话嘴巴甜，对她也宠爱有加。

相处了一段，我那同学想着丑媳妇迟早要见公婆，就约了我们一桌人去海底捞吃火锅，说是她男朋友请客，让我们给她把把关。

见到他时，气氛小小地尴尬了一下，大家一时竟安静下来。其中一个特别爱闹腾的姐妹，每次谁的男朋友请客，她都要点好酒好菜宰人家一顿，那天却乖巧得出奇。

草草吃完，我同学问我们的感觉，那个姐妹说："你没见我今天都没敢点贵的吗？我可不想欠人家的，明白了吧？"

我同学憋红了脸，转身问我的意见。其实，那一刻我的脑海里只有一个词：猥琐。在偌大的海底捞餐馆里，随便拎出来一个客人或厨师，也比他好看。

我没敢实话实说，只是说："这事还是得你自己决定，你觉得相处舒服就行了。"

后来，我同学还是跟他分了，理由是："走在街上，路人都是看看他又看看我，一副不理解的表情，那眼神分明是说，一朵鲜花怎么就插牛粪上了啊？我承认我肤浅，做不到不在意别人的眼光。"

4. 智商情商低

克里斯蒂娜·罗马的书《Smart is the new Rich》（《聪明是新富》）里讲了智商的重要性。一个聪明的人会合理安排自己的生活，他们不仅比常人更会挣钱，在花钱的时候，他们也更理性，常常会问自己以下三个问题：

· 我真的需要这个东西吗？

· 这个东西真的能让我快乐吗？如果是，有多快乐？

· 我能负担得起吗？

可想而知，这种人理性可靠，不会乱花钱。他们花的每一分钱、买回来的每一样东西，都是有价值的，都能带给你真正的幸福和内心的平静。

智商不够，情商来凑。如果你是一个情商极高的男生，与你相处轻松有趣，会讨女孩儿欢心，在社交场合游刃有余，会跟领导来往，有很大上升空间，那你"被剩下"的可能也不大。

可若你智商不高情商也低下，请问，剩下的不是你，还能是谁？

5. 品德素养差

这种男生，往往自己并不觉得自己素质低，他们以为自己只是比较"男人"、比较不拘小节，或是认为自己比较聪明。

具体哪些可以看作是素质低的表现呢？简单举几个例子。

公共场合大声喧哗，随地吐痰乱扔垃圾的；说话带脏字的；对服务员或员工呼来喝去不懂尊重的；没有急事半夜给人打电话的；小人得志便猖狂的；人前笑面虎背后使阴招的；媚上欺下看人下菜碟的……

不要以为素质低是受教育程度低，两者并无直接联系，初中毕业彬彬有礼的不少，博士学历还素质不高的，也大有人在。

女生还是很看重男生的人品和素质的，所以，内外兼修，也是大势所趋。

为什么别人就能成为男神成为抢手货，而自己就像地摊上挑剩下的歪瓜裂枣？对照以上5个方面，找出原因，努力弥补。

除了颜值是个硬伤，很难在短时间内改善以外，其他的几点，都是有很大的进步空间的。努力完善自己，提高自己，希望你早点儿找到意中姑娘，享受爱情的甜蜜。

我要不要跟她结婚？
她太好睡

今天与一个直男癌的聊天，真让我大跌眼镜。

这男的是我朋友公司的同事，当初在北京的时候，他曾带着女友和我们一起吃过几顿饭。

女生长得清清秀秀，戴副眼镜，薄嘴唇小眼睛，皮肤很细腻。确实算不上漂亮，但绝对不丑。

男的家境长相皆中上，活跃型，比较会办事，很受他们领导赏识。女生看他，眼里满是崇拜。6年的爱情长跑，如今女生提出，想要结婚成家，要不然，眼看自己就进入了大龄产妇的行列。

男的犹豫，在喝下六瓶啤酒后，开启了和我的聊天模式——

"姐，忙吗？"

"不忙，但也没闲着。有事说事，没事退朝。"我调侃。

"想跟你咨询个事。那个小卫，就是我女友，你还记得吧？"

"记得呢。当初我们一起去郊区玩儿，她还给我带了天津大麻花。"小卫是天津妞儿。

"嗯。我们现在也30岁出头了，她家催着要结婚，也确实不小了。"

"合适就结了呗。你们俩在一起，这也快六七年了吧。"

"可是，姐，不瞒你说，我有些犹豫。她有点儿太好追了。当初我跟她约会第三次，我们就在一起了……我总觉得吧，这老婆还是要找矜持点儿的……"他吞吞吐吐终于说出了他心中的心结。

"你的意思是说，她太好睡了是吗？"我忍住没骂娘。

"对对，姐，我就是这个意思。你说找女朋友这样的可以，当老婆这样的是不是有点儿随便了？"他以为找到了知音。

"这6年里，她水性杨花看见帅哥就两眼放光吗？她出过轨、劈过腿、脚踏过两只船吗？她跟别人暧昧不清给你戴过绿帽子吗？"我有点儿激动。

"那倒没有。"

我觉得没必要再说什么了。这就是一个直男癌晚期患者。但是写文章习惯了的我，还是替他总结了一下：

"这世间，没有真正好睡的姑娘。她好睡，是因为她对你动了心。你犹豫，不是因为她是不是太好睡，而是因为你不够爱她。你自己想清楚吧。爱就深爱，不爱请放手，别害了人家姑娘。我去冲凉了。""去冲凉"真是个神句，任何想闪人的时候都可以用。但今天，火大的我真的去冲了个凉。

荷西问三毛："你想嫁个什么样的人？"

三毛说："看得顺眼的，千万富翁也嫁；看不顺眼的，亿万富翁也不嫁。"

荷西："说来说去还是想嫁个有钱的。"

三毛看了荷西一眼："也有例外。"

"那你要是嫁给我呢？"荷西问道。

三毛叹了口气："要是你的话，只要够吃饭的钱就够了。"

嫁人是这样，上床也是这样。女人因爱而性，不要觉得她跟你上了床，就一定会跟别人上床；不要因为她很快倾心于你，就觉得她好追、轻贱。换一个人去追她，可能永远也追不上。

6年前，他暧昧撒网。他没有太认真，她却动了情。6年的相依相伴不离不弃，却没能抵过相遇之初他心里"她太好追"的黯淡阴影。

追不到，她会成为他心口永远的朱砂痣，猎物到手他又有一丝失落遗憾。这，恐怕是大部分男人的心路历程吧。

可女孩子在情爱面前真的没有那么复杂，喜欢你，愿意与你共度春宵一刻；看不上你，即使你点上蜡烛、奉上钻石，仍会头也不回地走开。

如果女孩儿知道，自己相濡以沫的男友，竟然嫌弃自己"太好睡"，该有多伤心！

太慢热，你们说人家是"圣女婊"装清高；太好撩，你们又嫌弃人家生性随便，不够矜持。男人的心底里，是不是永远这样纠结？

璐璐小姐就曾经跟我抱怨过这样的事。

璐璐曾经很爱很爱她大学时候的班长，是璐璐倒追的他。那时候，璐璐刚从一段失败的感情里走出来，一心一意孤注一掷地对班长好。可能是她太投入，吓坏了彼时并没有全身心投入的班长。

班长觉得，这样主动的丫头，一定是见一个爱一个的主儿，因而对璐璐并不热情。即使璐璐主动约他一起过周末，他也大大咧咧地让璐璐去找房间。他不记得璐璐的生日，不关心她喜欢什么、讨厌什么。

璐璐并不是无人问津之辈，她的身边也不乏追求者。她曾拒绝过许诺她可以帮她办留校的教授，忽视过一天发无数信息给她的另一个同学。只是对班长，她巧笑倩兮、美目盼兮，怎么都没办法高冷。

可是，璐璐也是敏感的。班长的不咸不淡，她看在眼里，伤在心里。后来，她忍痛跟班长分手；再后来，她终于等到了一个懂得她的人。

见璐璐与别的男人在一起了，班长心里忽然升腾起无限爱意，他变得主动起来，发了无数信息、打了无数电话，他找到璐璐恳求她回头，他说分开了他才知道她在他心里的位置。他甚至说，只求她陪他度过最后一个晚上。

璐璐回复："晚了。爱你的时候，我倾尽全力。放弃的时候，也清清楚楚。桃花本该开在烂漫的三月，可如今，已是红梅怒放的雪季。时过境迁，你告诉我该怎样回头？"

爱你时，我愿意陪你缠绵；不爱了，再不会跟你有肌肤相亲。

爱你时，我愿意穿越大半个中国去睡你；不爱你了，绝不会再跟你翻云覆雨。

每一段感情，我们都认真对待。认真地爱你，认真地跟你上床。可若感情不幸夭折，分就分得干干净净，绝不藕断丝连。

所以，这世上没有好睡的女孩儿，只是因为，那天那时，她对你动了情。

欧洲的男票们，二十四五摄氏度

今年西欧的8月，连续两周二十四五摄氏度的天气，真是黄金季节。终于可以脱下牛仔裤和夹克，好似刚从受尽虐待的日子里解放出来，整个人神清气爽。

爱打扮的女人们，穿上美美的长裙，秀出常年低温没办法露面的潘多拉手链，卡上一副夸张的遮阳镜，呼朋引伴，各种聚会、各种嗨。

Carolina约我们去喝下午茶。刚刚坐定，她就开始大呼小叫："我先生现在基本不跟杰克来往了，你们相信吗？"杰克是跟他们夫妻关系很好的一个朋友。

"怎么回事？"出于女人的八卦心理，我们不约而同地问。

"唉，就是前几天，我告诉他我做了个春梦，男主竟然是杰克。"Carolina无辜地说，"我只是实话实说而已啊。夫妻之间难道不该坦诚吗？何况只是个梦而已，事实上我对他完全无感。"

Carolina的老公特别宠爱她，但他也是个心思细腻的男人。别的都好说，可是在感情上特别自私。他就像老母鸡一样，总想把Carolina护在翅膀下面。

朋友走进了自己女人的春梦里，有点儿让他无法接受。他采取的措施，就是减少和朋友来往的次数，防患于未然。

"可是，对于杰克，这不公平啊，他什么也没做错，从来没跟我暧昧过。"Carolina还在抱怨。

"谁让你把不该告诉老公的事，说给他了呢。"我们几个知心闺密对她毫不同情。另外，经过一番讨论，我们还总结出另外几件不能告诉老公或男票的事情。

1. 车子剐蹭擦伤

如果修车方便，碰了擦了赶紧自己开去上漆，修理得看不出痕迹再开回去。这事儿，忘了它，就当没发生过。千万别回去给你家那位讲你的惊险遭遇，相信我，讲了你会后悔的。

别问我是怎么知道的，血与泪的教训。

我有一次倒车，不小心与路右边的大树亲密接触了下。其实擦痕并不明显，我若不说，他或许很久都不会知道。可是，嘴快的我，惟妙惟肖地给他叙述了当时的情况。

于是，完美主义的他冷着脸开去喷漆，一天都没个笑脸。你以为这就完了？你太天真了。

"跟什么撞都不要跟树撞。树是岿然不动的，其他车子或是水泥柱，都比树的损伤力要小。如果危急时候，右边是树，左边是车，你没办法两个都避开，要选择车。快速行驶的车子撞到了树上，没有生还可能。"这句话，我听了不少于20遍！

不光如此，以后很久，每当倒车的时候，他都会碎碎念。

"还不允许人家犯个错误吗？哪有人开车一点儿状况不出的？"我不服。

"那若不是一棵树呢？那如果是一个人呢？那个人可能就因为你的粗心大意，一辈子瘫痪在床。"

我竟无言以对。

2. 你有多少双鞋子，价值几何

好多女生喜欢买鞋。相对于包包控来说，更多的女人是鞋控。因为鞋子相对便宜，而且有实际需要：春夏秋冬，得配各种衣服；休闲运动聚会晚宴，女人的柜子里总会少一双鞋子。

于是，家里的鞋柜里，你的占了四分之三；门廊处，一溜儿摆着当季的高跟、坡跟、平底。

某天，先生问："你到底有多少双鞋子啊？"

你为难地说："我也不知道啊。我去数一数。"然后你当真跑去数了，告诉先生还有多少双没拆盒的，价值多少多少。

你说的时候，其实想表达的是："老公你真宠我，我可以买我喜欢的鞋子，做随心所欲的小女人。"

可后来，事情似乎有变化。

"亲爱的，过来看一下，这款表，是××系列新出的，你看好看吗？"你一看价格，说："有点儿贵吧。再说，你不是有四五块表了吗？"

"不贵啊，也就你两双鞋子的价格。你有多少双鞋子来着？"

"亲爱的，我哥新买的那辆摩托车，好酷。"

"嗯，是挺酷的，可真他妈贵，赶上一辆普通配置的车了。"你说。

"总价也就跟你那堆鞋子差不多。这可是辆能日行千里的摩托车啊。"

……

3. 你不喜欢他的某个发小

男人对发小，简直有一种天然的保护欲望，这一点中西皆同。某些男人，宁愿你不喜欢他的父母，也不能忍受你不喜欢他的发小。

"那个谁，怎么又在跟老婆闹离婚？都离过两次了！事不过三。依我看，他可能真的有问题，不然怎么会每个女人都跟他过不来？三个孩子三个妈，以后……"

我话还没说完，先生就开始维护他："家庭矛盾，谁都说不清楚。你不了解，不好随便说的。他兢兢业业工作，在家也分担家务——也许他做得不够好，但是他也尽力了。"

不管他怎么作，先生都坚定地支持他。经常征求我的意见，可不可以请他来家里坐坐，说他现在正处在困难时期，需要有个人倒倒苦水。

我比较聪明，以后也就不管这些闲事了。随他离就离吧，再接再厉（再结再离）。

4. 他做的饭不好吃

一般的事情，鼓励为主，建议为辅，但在做饭这件事上，一定要鼓励加赞美，好吃好吃非常好吃，怎么夸张都不为过。

因为，喜欢做饭的男人毕竟是少数，大部分男人受自古以来"君子远庖厨"思想的影响，潜意识里觉得做饭是女人的专利。

因而，若是你的他突然有几分热情，下厨为你洗手做羹汤，姑娘们，一定要不失时机地赞扬这种行为，以期以后这种频率上升，最好形成习惯。

所以，千万不要说他做的饭不好吃，这可是彻底打消积极性的行为。他抱着一腔热情、满腹爱意烹调出来的，你一定要懂得感恩和欣赏。

5. 他的性能力不及你的某前任

这个绝对是雷点。男人最在意的东西，千万不要去碰触。你可以告诉他你有过几位前任，但千万记住，他是最棒的。

你一定想问：会有这样的傻姑娘，告诉自己的男票他不行？

还真有。某次事罢，男票问某姑娘他床上功夫如何。姑娘也没心机，坦白说："还可以啦，不过我的前任，是真的厉害……"

该男票自信心大受打击，从此行动力越来越差，最后发展到对她没有了性趣。

她一辈子的幸福，就毁在了自己的口无遮拦上。

女人一起八卦一下，有时还真能总结出人生大道理来。以上的5个禁忌，希望能对涉世未深的你有帮助。

如果你穷，
来追文艺女青年吧

文艺女青年自自然然，安静得如一泓小溪，清澈得如一轮圆月。她们像开在山里的深谷幽兰，不做作不张扬，恬然看云卷云舒。文艺女青年遇到挫折不会哭哭啼啼，即使伤春悲秋，也会用自己的方式抒怀，写写蝇头小楷、画幅山水写意，或是打开笔记本记录一下心事，她们就能从低落的情绪里自己爬出来。

文艺女青年们，不是只存活在文艺片里，她也许就在你对面。

小语来阿姆斯特丹出差，顺便来看我。七年不见，她在北京的两家公司摸爬滚打，外表成熟了一些，但世故这样的东西，在她身上了无痕迹。

我本不喜欢给人贴标签，却忍不住给她贴上"文艺女青年"的标签：在阿姆，她走遍了几乎所有的艺术博物馆，买了两大本艺术家的画册，300多欧元，重达5公斤。可来我这儿以后，我说带她去西欧最大的打折村时，她居然摇头说没必要。坐飞机，她带了一本《老子》，一本梭罗的《瓦尔登湖》，另外还带了一本钢笔字帖。我问她平时下班后都做什么，她回答：弹吉他、古筝，看书，跑步。

小语从小生活在农村，全靠自己的力量考到北京，研二的时候，顺利申请到澳大利亚交换生资格。毕业之际，在北京户口如此香饽饽的境况下，一路过关斩将，签了三方，解决了北京户口问题。

也许是忙于提升自己，也许是缘分没到，讲一口流利的英语、经常代表公司去世界各地开会的小语竟然被"剩"了下来，成为北京千万未婚女青年中的一员。

我带她在我居住的村子里散步，一匹小马驹，一个天然湖，一片林子，甚至一株蒲公英都让她流连，拿起单反啪啪连拍。这样一个热爱生活的文艺女子被剩下，简直是没有天理。

我问她是不是条件太高？

她诚恳地说："真没有。经济条件我不是很在乎，跟我挣得差不多就行了。没房也没问题，我自己都买不起房，有什么理由要求别人有房呢？以后一起租房住，也不是不可以。在北京生活，车子更无所谓，地铁四通八达，开车在路面上反而堵。"

她这几句话让我感慨良久。现在这社会，还有几个女孩儿这么通透不世俗？也许我们嘴上没说，但心里，是不是总把对方的经济条件作为加减分的筹码？

我问小语看重的是什么。

"干净清爽、跟我有一些共同爱好就好。"她说。

小语说她之前认识一个男孩儿，各方面都不错，但是，两个人坐在一起无话可说，尴尬极了。

"一辈子很长，起码得能说到一起吧，否则这日子该有多寡淡多索然无味。"

　　像小语这样的文艺女青年，之所以被剩下，原因很简单：暴发户娶不了她们，因为她们不屑为了钱嫁给没有品位不读书的男人；当官的驾驭不了她们，比起那些整天一本正经讲大道理忒主流的男人，她们宁可嫁给背包客浪迹天涯；有高学历但没读多少书的男人也无法征服她们，交流几句，你肚子里有多少墨水，她们就已经心知肚明了。

　　文艺女青年不去美容院，因为腹有诗书气自华。不买昂贵的化妆品，像我的同学小语，用的是两块钱一袋的美加净，因为少了卸妆水的摧残，皮肤仍然细嫩光滑。她们不需要名牌包包来抬高身价，布袋里装着一本书，心里就装满了整个世界，谁在乎你那是意大利还是法国产的奢侈东西。

　　如果你穷，这么好的女孩子，还不快去追？她们不势利不庸俗，只希望你跟她一样，简单、干净，有一颗纯粹的心。她们像绿萝，给点儿水就噌噌地往上长，对物质没有太多占有的欲望，生活成本相对较低。

　　文艺女青年们，不会整天盯着你是否藏了私房钱，不会去跟卖衣服的老板讨价还价，不会在菜市场为了几毛钱争得面红耳赤。她们一般喜欢把家收拾得干干净净，穿棉或麻的衣服、帆布鞋。她们会跟你讨论新上映的电影，往往有连你也没有想到的独到的见解。

　　文艺女青年们，一般都会说好几种外语。跟着她出国旅行，她一张地图搞定，免去你操心行程。她们见过世面，知道西餐的礼仪，不管什么样的场合都会穿着得体，并且还能帮你参考穿衣搭配。

　　《红楼梦》里的女子，谁最像当今的文艺女青年？大观园提供了一切物质条件，所以红楼诸女的文艺生活是比较丰富的。谈诗、听曲、悟道，感时抒怀，搞搞创作，红楼十二钗里的多数，都或多或少地熏染了些文艺气息。以她们的花样年华，在大观园这样一个诗意的栖居地，不文艺才怪。

论诗词歌赋，就连最命苦的小妾香菱都张口能诵；最世俗的管家奶奶凤姐，参与联句的时候，也能脱口就是一句"一夜北风紧"，应时对景，平实大气。但是，香菱和凤姐都算不上文艺女青年，因为她们身上的气质属性不对。

就算博学如宝钗，也不能归入"女文青"的队伍。文不文艺，不取决于你是不是读过些诗词歌赋、有一点儿文字功底，和学识、素养也不完全呈正相关。

《红楼梦》里真正的文艺女青年，要算惜春和黛玉。她们有闲有情调，不沾染凡世俗气，似乎不食人间烟火。尤其是黛玉，贾府诸人中，唯独黛玉和贾母不劝宝玉去考功名。黛玉恋爱，只谈感情，不计较功名利禄，不在乎你是不是王侯将相。

所以，如果你穷，为什么不去追不染尘埃的文艺女青年呢？她们从心底里不歧视你穷，不认为创造不了社会财富的就是孬种。她们更在意心灵的契合、精神的相通。

文艺女青年最大的优点是：不管在什么样的逆境里，都能把日子过出滋味来，因为她们的内心是丰盈的。她们看问题视角独特，不拘泥于条条框框的约束，不被世俗观点绑架。而且她们经济独立，思想独立，在云淡风轻的简单生活里，也能活出自己的风格，比如林徽因和冰心，比如柴静和徐静蕾。

这么好的一群文艺女孩儿，男孩儿们还等什么？你穷没关系，她们不怕吃苦，跟着你，能吃饱穿暖、能让她看见希望就可以。她们一旦为你心动，就会跟你走，不在乎你是否一无所有。

迟了怕来不及，
怕被别人抢了先

不管我们承认不承认，大部分饮食男女间的感情都逃不掉物质的因素。不管多炽热的爱情，结婚之后，在柴米油盐的消磨下，最终都要回到过日子的状态。

情侣之间或是夫妻之间，其实都需要一个制衡点。他们就像跷跷板的两头儿，一边太重另一边太轻，生活容易失去平衡，以后的家庭，分崩离析的可能性比较大。

找男朋友，还是要找一个经济上跟自己旗鼓相当的，最好是比自己收入高出一两个档次的。科学研究表明，女孩儿对男人的爱情，或多或少源于崇拜感，女孩儿比较容易轻视不如自己的男人。

大部分比较稳定的家庭中都是这样的结构：教师嫁医生，空姐嫁飞行员，三流演员嫁煤老板，当红明星嫁富商。其实，这些也就是人们眼中的"般配"。

那么，男友的收入比我低，就一定不该嫁？当然不是。衡量两个人之间高低的，除了工资收入，还有很多其他方面的因素。

王攀是我在北京的一个朋友。微信语音聊天时，她叹气："男友的收入只有我的一半，我不知道要不要跟他结婚。放弃吧又舍不得，他其他方面都挺好的，对我也体贴周到。"

王攀在一个医学实验室工作，而她男友是一名普通的中学语文教师。我说：那要权衡各方面的情况了。比如外表，他有没有超出你很多；比如才华，他是不是有某方面特长或是诗词歌赋出口成章；比如在家务事的分担上，谁把大把的时间花在了家里；比如在你们俩之间，谁对谁付出更多。

她沉思了片刻，回答说：他1.86米，我1.59米，身高上他胜出，但我跟他颜值相当；他口才好，看过的书比我多出好几倍；家务事基本是他承包的，因为我工作太忙；我下班就吃现成的，他还会给我按摩。

"所以嘛，你们俩其实是平衡的。现在就最后一个问题：你心里的这个坎儿你能不能迈过去，就是你可不可以不去计较？"我说。

王攀很快回复说："我们没有还房贷的压力，他爸妈在西城区有一套不大的公寓，留给他做婚房的。虽然他收入不高，我们生活倒也不拮据。况且他有北京户口，以后孩子上学的问题就解决了。"

你看，王攀的男友虽然工资收入没有她高，可是综合起来看，他们之间是平衡的，因为他的优势、他的愿意付出，决定他在未来不太可能被王攀看不起。既然如此，又两情相悦，自然是可以嫁的。

好友林素已在深圳工作多年，现在某LED显示屏公司任销售总监。4月中旬他们公司来法兰克福参展，一别数年，终得一见。

岁月没有给林素留下多少痕迹，精致干练的小西装，胸前挂着"××LED公司"的牌子。她从包里拿出一张请柬递给我："8月底哦。如果你到时候没有时间，现在提前把份子钱交了也行。"她说完哈哈笑了。

等展会结束，我们才有机会深入交谈。她的男友比她小5岁，是她招进公司实习然后转正的，工资水平跟她差了两个级别。转正刚一年，他就开启了对林素的狂追猛打模式。他说，迟了怕来不及，怕被别人抢了先。

"看他业绩直线上升，感觉他还挺努力的。既然不是不可雕的朽木，我就把他收了。"林素讲得轻巧而客观，但我知道她说这些只是为了让我信服。事实是，那个小男生真正拨动了她的春心。

"我也犹豫过，一来是他比我小，二来他的收入比我低。我爸妈开始也都不看好。"她扬了扬眉毛，"不过现在死心塌地了。请帖都发出去了，想后悔也来不及了。"她端起红酒杯，跟我碰了下，仰头喝了下去。

对于林素，我一点儿也不担心。她是个特别有主见的女孩儿，她决定的事就不会后悔。她不婆婆妈妈、不小肚鸡肠，一派女侠风范。何况，以她现在如日中天的职业前景，独自支撑起一个家都不是问题。

我半开玩笑半认真地说："你老牛吃嫩草，还计较什么？只要他不仗着比你小，处处要你让着他就行。还有，小心他以后嫌你老哦。"林素爽朗一笑："这个倒没有，都是他得让着我；嫌我老？我有自信我会一直看起来比他还年轻。"

得到了我的肯定，林素乐呵呵地收了我的份子钱。

林素的男友，工资没有女方高，年龄又比女方小，本来是我最不看好的一种婚姻构成。但是，因为他年轻又努力，是一支潜力股，他们之间就显得势均力敌。而且，重要的是，女方是林素——以林素的气场，决定了她既可以忽略他们现在收入上的差距，也可以妥善处理将来他们年龄上的差别带来的问题。

但是，有一种男人，如果他收入比你低，还真是不要嫁比较好。

堂妹跟男朋友谈了好几年，想要结婚的时候，我们一致不看好。我说，这个男孩儿没有上进心。堂妹也是因为众口一词地反对，有些心烦，她反驳我说："你们所说的上进心，不就是他读的大学不如我好、他工资没有我高嘛。"

"是又怎么样。工资没你高还天天纸醉金迷地生活，你不是也抱怨他每个月月光？前几天你不是还唠叨想买房子，可是他的公积金就那么一点点？毕业三年了，他就在这么个半死不活的小公司混日子，从没想过挪一挪位置。"

堂妹是个比较上进的女孩儿，性格又倔强刚烈。本身在这段感情里，男方就处于弱势。她骂男朋友没有长远眼光，不为他们的未来着想；骂他得过且过，没有年轻人应该有的冲劲儿。

我们不看好，是因为旁观者清。堂妹还没结婚就过得累，男朋友被骂也还是老样子。

可是堂妹还是毅然与他走进了婚姻。生活进入到现实阶段，买房还贷、捉襟见肘的时候，堂妹希望老公能换个工作，多挣一点儿。这个时候，她老公爆发了："结婚之前我忍辱负重，结婚以后你还想让我天天唯唯诺诺？不就是你每个月比我挣得多吗，怎么？你看不起我是不是？"

　　婚姻还在维持，但我们都看得出来堂妹的日子过得有多糟心。分析原因，她的老公是个大男子主义者，他并没有因为堂妹当初不嫌弃他收入低跟他裸婚而感激，反而时时处处以此为攻击点，维护他所谓的面子。

　　总之，我还是认为，双方经济上对等或是男方稍高是最好的婚姻结构。

　　可万一你喜欢的男生收入比你低怎么办？嫁不嫁？最靠谱的方法是：把他的优点罗列出来，只要他的综合优势不比你低，可以嫁！但如若他全方位的配置都比你低还自带臭毛病，那么姑娘，收回你迈向火坑的腿吧。你不是蜘蛛侠，你不负责拯救他。

第三辑

哪怕他是

世间的白月光，

我只想成就

爱情的模样

只有那个对的人，
才能给你对的温暖

　　有个姑娘在我文章下面留言：男朋友又劈腿了，我都不知道该说什么了。

　　这个"又"字，让我很诧异。我问："又"劈腿是几个意思？她回复说：已经很多次了，我都习惯了。

　　我真是要跳脚了！这种事还能习惯？对于劈腿这种事，我是一票否定的，不管你多优秀，不管我多爱你，对不起，请你滚出我的生活，有多远滚多远。

　　也许，这个姑娘比较大度，或者她爱这个男人已经胜过自己的生命。那么好，就当他一时冲动，给他一次机会。这种事情，给一次机会已经是仁至义尽了。如果他真的很在乎你，那他一定会珍惜这次机会，从此洁身自好，以实际行动来报答你的宽容。

　　"出轨多次，你们怎么还没有分手？"我简信她。她说：男朋友每次都赌咒发誓地表示再也不会了；他说我是他最爱的人，那些都是逢场作戏；有一次，我铁了心要跟他分手，他跪地求饶，痛哭流涕，说我要是不要他了，他就不活了。

这番话让我对这个男人的厌恶又加深了好几倍。一个大男人，下跪求饶，哭哭啼啼，以死相威胁，也真是滑天下之大稽。

我毫不留情地说："恕我直言，果断分了吧。他就是个渣渣。这样拖下去，耗掉的是你的青春。你们俩迟早会劳燕分飞。"

他真的在乎你，怎么舍得伤害你，而且是一而再、再而三地伤害！他如果怕失去你，怎么会去劈腿，男人在做这件事之前，很清楚这有可能要以失去现在拥有的感情作为代价。这样的男人，你给他机会，他会觉得你软弱。他就是利用你的善良，来践踏你的尊严！

江山易改本性难移。这样的男人，改变的可能微乎其微。除非是他的生命里遇到一个极大的变故，像余华的《活着》里的主人公福贵，赌到倾家荡产、流落街头，才认识到自己罪孽深重，对不起祖宗，辜负了深爱自己的妻子，从而才洗心革面重新做人。

而对于这个姑娘的男朋友来说，姑娘一次又一次的原谅其实是纵容，只能让他在人渣的路上越走越远。或许，姑娘的果断转身，对他算是一次变故，他会因此反省，但那要看她在他心里的位置有多重要了。

姑娘后来没再联系我，不知道他们现在是不是还在一起。我在心里祈祷，愿她早日想明白，果断分手走出阴影。希望某天，她拥有了真正的爱情，她会由衷地感激当初的决定：原来，与一个对的人一起的一段好的感情，是充满着阳光的味道的。

出轨的男人不值得原谅，要早点儿分手。同样，酗酒的男人，也不值得你为他奉上爱情。

　　好朋友懿的老公在国企上班，工作轻松。他会煮饭会做家
务，人也忠厚善良。只是，他是典型的人格分裂：喝完酒之后，
就像变了一个人。可怕的是，他还酗酒，基本是一周一小醉，一
月一大醉。冬天里喝老白干，基本上每天都是醉醺醺的状态。

　　酒后的他，砸东西、寻衅滋事，稍微言语不对就跟人打架。
他什么都砸，窗户玻璃、电饭锅、电脑，只要一点儿事儿没有达
到他的满意，家里的物什就遭殃了。因为醉酒后去商店强买、在
马路上拦车，被人揍过几次狠的，脖子上脸上多处伤疤。

　　不喝酒的时候他是个暖男，他会做上一桌子菜，等着懿下
班。懿喜欢吃的东西，他很少动筷子。家务事他都井井有条地安
排好，不让懿操心。可是喝醉以后，懿就得伺候他了，半夜里起
来给他倒水、煮面，动作慢了，椅子就飞出去了。

　　用懿的话说，不喝酒的时候，他像个温顺的猫，醉酒以后，
他就是只张牙舞爪的狼。"是的，像狼。"懿低声说，"喝醉后
他目露凶光，完全就是另外一个人。"

　　看在他平时的稳重温暖上，懿忍受了他呕吐后的难闻气息，
即使她气得整夜睡不着；他打架受伤后，懿陪他去医院，请假照
顾他；他把别人打伤了，懿提着礼物去给人家道歉……懿愿意相
信婆婆的话：等他年纪大些，老成些，就会好的。懿耐心地熬
着，想等到他浪子回头的那一天，毕竟，自己是因为爱情嫁给
他，他也是个有趣的人。

　　懿给他讲道理，希望他能戒酒。她试图用温情去感化他，没
用；她换了策略，用离婚威胁他，还是没用。他也戒过，最长的
一次持续了半年，但最终还是没有成功。看着他一次又一次重新
端起酒杯，懿的心在一点点破碎，对他的感情也在一点点消退。

她明白了，一个没有自制力的男人，是连戒酒这样的事也做不成功的。

给了他十次机会以后，懿下了最后通牒：在老婆孩子和酒之间，选一样。懿不敢相信自己的耳朵，因为他说，他选择酒。

拖了这么久，懿在醉酒的阴影里苟且地活了这么多年，她的世界在那一刻暗了下来。这一次，她再没有退缩，打定了主意，哪怕是失去生命，她也要用离婚来找回自己的生活。协议不成，她起诉到了法院。

这个时候，懿的老公开始央求，希望再给他最后一次机会。懿决绝地说："我给了你十次机会，不会再有第十一次了。"

如今，离婚几年了懿还会做噩梦。所有的噩梦都相同：前夫喝醉了，然后是各种混乱的状况。醒来以后的她，还心有余悸。

一向有主见的懿，一生只有一件后悔的事。她说，她不后悔嫁给他，只是后悔没有早点儿跟他离婚。

分手真的不可怕，在一个看不到希望的人身上浪费我们的生命、消耗我们的感情，才是最可怕的事。人生短暂，青春易逝，每个人都有享受生活的权利，很渣很渣的男人，真的不值得我们付出爱情。

还有一种男人，更应该快快分手，那就是，有家庭暴力倾向的男友。

还没开始讲妮娜的故事，我就开始心疼，然后开始义愤填膺。我还是轻描淡写地带过吧。

妮娜的男友，高学历，帅气，收入颇丰。妮娜是在大城市长大的娇娇女，不太会做事。家务没做好，家暴；对准公婆言辞稍有不恭，家暴；出去玩儿回来晚了，家暴。

妮娜开始还藏着掖着，有一次实在是需要去医院，而她男朋友又不管她，她不得不给一个朋友打电话，我们才知道这件事。

大家众口一词，劝她早点儿脱离魔掌：还没结婚就这样，结了婚岂不变本加厉？好在妮娜也是个明白人，比较能听得进朋友的劝，没过多久，就跟他彻底掰了。

昨天看到"一个默默忍受了丈夫家暴八年的女子，惨遭割鼻"的新闻，读完只觉得头皮发麻。不知道已经分手的妮娜，读来是不是还有些后怕。

如果你是我的朋友，如果你的男友劈腿、酗酒、家暴，或是嗜赌如命、沾染毒瘾，我会见你一次问你一次：你们还没分手吗？

因为，我希望你幸福。因为，这样的男友是魔鬼，配不上天使般的你。跟着这样的男友，阳光照不到你身上，你将始终活在阴影里。

你永远可以
在他身上看出新的东西

春天里万物复苏百花齐放，朋友圈里的婚纱照一波又一波。新娘子或妩媚或清纯，或高挑或玲珑。穿着洁白婚纱的女孩儿，像刚刚降临人间的天使，美得不可方物。

将要走进婚姻的新人，脸上闪着幸福的光芒。祝福她们的同时，也想善意地与她们聊一下：由恋爱到婚姻，你真的准备好了吗?

看过许多成功的失败的婚姻，总结起来，以下几个方面是婚前就应该认真搞清楚的。

1. 你能做到爱对方也爱他的不足吗?

也许你要说，我们已经恋爱了多年，关系一直很好。但是，我们必须清楚，通常来说，我们总是"和对方的优点谈恋爱，却和对方的缺点过日子"，也就是说，结婚前，我们对对方的缺点睁一只眼闭一只眼，结婚后，我们却喜欢拿着放大镜来找对方的缺点。

我们都是带着瑕疵活着，你不能像去菜场买菜，只挑走好的，留下次的。既然决定跟对方结婚，那你就要做好接受他作为一个整体的准备。

你选择了帅气多金的，那你可能就要接受他的趾高气扬；你选择了勤俭肯持家的，那你就要接受他的朴素不修边幅。你不能指望骑着白马的王子天天像仆人一样给你洗衣做饭，那是电视剧里才有的情节。

所以，走进婚姻之前，要先放大他的缺点，审视一下，想清楚自己能不能忍受他的缺点，直到一起慢慢变老。如果你能爱屋及乌，那么，大胆地去结婚吧，上帝也不能阻挡你们在一起。

2. 你们的性生活和谐吗?

中国几千年来的传统，让女孩儿们羞于谈性，即使现在女性普遍受教育程度较高，这一点的变化还是不够彻底。一些高学历女孩儿比较能接受性解放思想，但是把性公开拿到桌面上来谈，她们还是有些不习惯的。

可是，夫妻生活中，性的作用非同小可。

对女人来说，做爱是种仪式，是女人表达爱的方式。性爱是互动的，男人在满足自己的同时，也要让女性得到性愉悦。健康的性生活有助于夫妻关系稳定和谐。

渡边淳一在《男人这东西》这本书里曾写道：对性生活满意的女性，会在精神方面迅速靠拢男方，对他产生深沉的爱意和留恋。男女之间的关系建立在健康的性生活基础上，变得更为坚实和牢固。同时，如果男人没法让女性满足，他会觉得没有真正得到对方，并因此在内心深感不安。

可见，性生活的和谐，不论是对男方还是女方，都能促进家庭的稳定。

生活中，由于性生活不和谐导致的离婚，比率逐年上升。这是好事，说明女人已渐渐敢于维护自己在性生活中的合法权益；但这同时也说明，在结婚之前，我们没有做好应该做的准备。

走进婚姻之前，我们就应该对婚后的性生活有十足的把握。未婚同居、试婚是很必要的途径。

奇怪的是，现在居然还有很多女孩儿有所谓的"处女情结"，甚至坚持要把自己的第一次留到结婚以后。我佩服她们纯洁的思想，但从我们自身利益来说，这样是不可取的。试想，如果你婚后才发现他在性方面无能，怎么办？认命，委屈自己一辈子，恐怕会是大多女孩儿的选择。但是，这样不人性的做法，是对自己的摧残。生而为人，我们都有享受性快乐的权利。

渡边淳一作为一个男人，都承认男人的处女情结是自私的："在寻求处女的男人的内心深处，除了那一份对未曾受人染指之物的憧憬外，还隐藏着渴望将自己喜爱的女人按意愿来摆布的想法。换一个角度来考虑，我们会发现这种想法还隐藏了一种认为男人能够随心所欲地改造女人、并将女人视为玩物的雄性心态。"

也许有人说，我爱对方，这就够了。但是，所谓绝对的爱，最终不过是瞬间即逝的幻影，它难以与岁月相抗衡。婚姻要历久弥新，还需要一定的物质支撑，以及健康的性生活。

张爱玲曾说，到女人心里的路要通过阴道；德国一位诗人也曾描述过享受性爱之后的女性散发出的迷人光彩。都说要抓住男人的心，先要抓住男人的胃；要抓住女人的心，就要满足她胃以下的部分。

享受性爱，不是耻辱。如果你们在这方面不够和谐，那还是慎重踏入婚姻吧。

3. 你能与原生家庭保持合适的亲密度吗?

现在的年轻人，尤其是独生子女，一般都与自己的父母来往密切十分亲近，这是好事，但是结婚以后，这往往是导致婚姻走向失败的导火索。如果夫妻中一方与自己的原生家庭的亲密度过甚，超过了与自己小家的亲密度，会导致夫妻关系恶化，家庭也有可能因此分崩瓦解。

阿茗就是这样一个受害者。她本来嫁得不错，老公事业有成，住着个小别墅开着豪车。婚后夫妻俩一起经营他们的公司，规模不算很大，业务却源源不断。后来，阿茗的弟弟要做生意，想拿下某个名酒的某省总代，需要一次性投入2000万。阿茗说服老公，从他们自己的生意链上挤出500万，借给了弟弟。结果弟弟被骗，包括从银行贷款所得，一下子都没了。阿茗的弟弟被银行起诉，只好东躲西藏；而阿茗夫妻俩的生意，也因资金链周转困难，大不如从前。

这个时候，如果阿茗一心一意与老公一起，努力将自己的公司运营好，问题还可以得到解决。可是阿茗心系自己的弟弟和寡居的母亲，继续从自家公司偷偷盘现，拿出一点儿资金，就去帮弟弟"活动"、就去照顾母亲。后来，阿茗夫妻的公司面临倒闭，再也没有起死回生的可能。阿茗和老公的婚姻也走到了尽头。

阿茗的老公说，他感到心寒。因为阿茗嫁给了他，可是他却觉得，她的心里始终装着娘家。她可以为了娘家，不管他们自己的死活。

我曾问过阿茗，有没有后悔过？她说没有，自己的亲弟弟，总不能放手不管。

可是我却觉得，她这么做，最终是两败俱伤。既然决定嫁给一个人，那就应该与他风雨同舟。接济娘家是可以的，但不能以牺牲小家庭的利益为代价。

我们在结婚前就要有这样的思想准备：这个人将是我生命里最亲的人。一定要把握好与自己父母的亲密度，别让亲情干扰了爱情。

4. 你有应对不幸的能力吗？

西方结婚的誓言是这样的：我全心全意嫁给你作为你的妻子，无论是顺境或逆境，富裕或贫穷，健康或疾病，快乐或忧愁，我都将毫无保留地爱你。我将努力去理解你，完完全全信任你。我们将成为一个整体，互为彼此的一部分。我们将一起面对人生的一切，去分享我们的梦想，作为平等的忠实伴侣，度过今后的一生。

我觉得这里面最难的一句，就是"无论健康或疾病，我都将毫无保留地爱你"。贫穷不可怕、逆境不可怕，最可怕的是意外和疾病。我们谁都无法保证将要跟自己结合的这个人能够健康平安一辈子。

《圣经》中说：幸福婚姻的第二基石是夫妻双方必须把配偶和自己看成一体。即使丈夫远在千里之外，妻子正承受着分娩之苦；即使丈夫失业，妻子在自己的身体里发现了可疑的肿块……两人依然是一体，他们因为相约，要继续一起走人生路。

因而在结婚之前，你要问自己：万一眼前的这个人有一天被疾病缠身，我会对他不离不弃吗？如果你的答案是肯定的，说明你们之间是真爱；如果你有一丝犹豫，也许说明你对这份感情的投入还不够深，也许说明你没有应对不幸的能力。

如果你们互相爱慕互相包容，性生活和谐，能正确处理原生家庭与自己小家的关系，任何情况下都能与对方同舟共济，那么恭喜你们，没有谁比你们更适合走进婚姻了。

荷兰的阿玛尼

　　一起学荷兰语的中国女孩儿夏夏，嫁作商人妇。男方是香港在荷侨商，资产几千万是有的，住别墅，开路虎，穿阿玛尼，人也长得挺精神。

　　夏夏刚一怀孕，家里就请了保姆，饮食起居都有人照顾。后来孩子出生，又专门请了个照顾孩子的阿姨。在欧洲请阿姨，可不是一般家庭负担得起的，一个月光是两个阿姨的工资就两万多人民币了。以至于不八卦的荷兰人都在私底下传说，夏夏夫妻俩是这个城市里最有钱的中国人。

　　刚结婚的夏夏天天化着浓妆，冷艳而骄傲，可是，去年再见她的时候，却发现她神情落寞，妆容不再，心情也低落到极点。

　　原来，夏夏老公生性爱玩儿，打起麻将来就是几天几夜。原来的资产基本是前妻创下来的，他娶夏夏，是看中了她的能干。谁知道两年下来，公司被夏夏经营得每况愈下。老公不再有好脾气对她，钱也控制得紧紧的。

现在的夏夏，公司的大事小情还是要管的，但却没有经济来源。在雇着两个阿姨的表面风光的家庭里，夏夏经常连买贵一些的护肤品的钱都没有，有时候竟然沦落到需要跟保姆阿姨借钱。

我们经常听到女孩儿用羡慕的语气说："××嫁得好啊，男方家庭条件好。"可是你要懂得，老公有钱，并不代表你有钱；嫁了有钱人，你的生活就幸福了吗？更何况，在现今这个风云变幻的社会，有钱的，也可能一夜醒来就身无分文。

怎样才是嫁得好？经济条件不能作为唯一的衡量标准，甚至不能作为标准。判断是否嫁得好，我觉得应该从以下这些方面来看。

1. 不被公婆累

网上看过一个帖子：一个男人买了套豪宅，请一个女设计师去做设计。女设计师的审美相当出色，男人爱上她，后来娶她为妻。女设计师搬进了豪宅，成了女主人。她的女友们十分羡慕，因为她嫁了一个懂得欣赏她的富豪。后来她生了孩子，女友们去看她的时候，才发现她活得特别憋屈。因为她的婆婆是一个霸气的迷信主妇，特别相信风水之类——家里的这道门不能开啦，那个窗户要贴上符啦。女设计师坐月子，婆婆坚决不让她洗澡洗头。这些简直让她忍无可忍。

光是男人对你好还不行，万一你有个强悍的婆婆，而他恰巧又是个孝子呢？

所以，有个属于自己的小窝，不用接受他人的指手画脚，这一点非常重要。公婆愿意帮忙，欢迎，不愿意，不强求，但是，公婆不能介入你们的私生活。他们的儿子已经长大，不需要他们再呵护在翅膀下。结婚了，你们有自己的小日子。在这个小家里，公婆应该尊重你们的决定。

吵架的时候，没有公婆和稀泥。小两口儿，床头吵架床尾和，你们知道怎么解决。家务事谁多做谁少做，你们会一天天磨合、退让，最终达成双方都满意的协议。

总之，要有属于你们的二人世界。房子小一点儿、旧一点儿没关系，买的租的也没关系，但要是完全属于你们的。

2. 有自己的圈子

我的台湾朋友小鹿是个特别喜欢交际的女孩儿，可是她老公却性格内向，不喜欢与人交往。小鹿想出去见朋友，必须是老公上班的时间。老公在家，她就需要在家陪他。小鹿想要请朋友去她家，一般就要等老公出差了，因为，在老公回来之前，她得把东西归置到原来的样子——老公不喜欢陌生人来家里。

那我去健身房健身总可以吧，小鹿想。她提出这个想法以后，老公竟然说："你不觉得晚上的时间，应该是我们俩在一起吗？你要去健身可以，趁我不在家的时候吧。"

好在小鹿性格乖巧，也没有跟老公起冲突，按照他的要求来就可以了。时间久了，小鹿发现，自己已经没有几个相处得好的小姐妹了，因为平时打个电话、发个微信，只要时间久一点儿老公就会抱怨，说她总是玩儿手机。

后来有一次，两个人大吵一架，在这个陌生的城市里，小鹿夺门而出之后，不知道该去找谁。

小鹿老公对她倒是挺好的，自己也是下班按时回家的那种。可是，小鹿的心里始终觉得有些委屈。有些话，是只有闺密才可以说的；逛街，还是跟姐妹淘一起最有意思。

没有闺密，就像书房里缺了字画，生活总是差点儿味道。

3. 有选择的权力

一切的一切里面，最重要的，是自由。有时间和可能，去做自己想做的事，买自己力所能及的物件，去自己想去的地方。

你可以选择工作，也可以选择当全职宝妈；如果你愿意，可以加班加点工作赚钱，若不愿意也有选择做兼职的可能。

攒了一笔钱，你可以辞职，做你自己喜欢的事情。自己的事能自己做主，这样就是自由。

你喜欢的牌子出新款了，只要你乐意，就能把它领回家去。没有人干涉，没有人指指点点。

你想换车，早上看好了型号和价格，晚上就开回家去，欢欢喜喜上牌照。

有选择权力的人生，才是像风一样自由的人生。生活掌握在自己手里，这样的女性，平和、洒脱、豁达。她们一定不会是愁眉不展、悲天悯人的怨妇类。

4. 琐碎中有惊喜

生活里有太多的琐碎：衣服要洗，孩子的尿布要换，地板要吸尘，衬衫要熨服帖。作为女性，即使男人再分担，我们似乎也会觉得，这些或多或少是自己的责任。全职工作回来，还有这么多的细碎事情要做。久了，难免厌倦。

那如果琐碎中有惊喜呢？

你在厨房里做着饭，老公下班，从背后温柔地搂住你的腰，变戏法似的变出一朵红玫瑰。刹那间，厨房都香艳起来，菜肴的色香味，似乎都丰满起来。

家里某人生日，你大宴宾客，准备了香槟葡萄酒饮料和各种蛋糕甜点。老公亲亲你的额头，递给你一个潘多拉的盒子，打开，是你一直心仪的那副手链："你这么辛苦，也送你一个礼物。"

下班到家，发现你的他已经在厨房里大展身手了。一边看着菜谱手忙脚乱，还一边跟你吹嘘："今晚我要做个拿手菜，就是上次你在餐馆大夸特夸的那道。"

忙碌了一天，坐在沙发上看电视的时候，他给你揉着腿，然后告诉你，他定了周末城市游的特价票。"需要带什么，我去帮你收拾。"有这样的小惊喜、小体贴，即使生活有些烟火味儿又有什么关系？

5. 生活质量有提高

你努力奋斗了二十多年，一朝嫁为人妻。以前是一个人孤军奋战，现在变成两个人结盟。房子是不是大一些了、温馨一些了？买东西是不是不像原来那么纠结了？是不是不再孤独抑郁，满心的欢喜和安全感？

别以为这个很简单，还真是有很多姑娘，嫁了人才发现生活质量严重下滑。

"你能想象，你上了14个小时的班后推开家门，客厅一地的猫砂，鞋子到处乱放，窗台上还有两双散发着酸味儿的袜子，房间地上躺着已经臭了的外卖盒，衣服这里一件那里一件，而他躺在床上没洗澡没洗脚，玩儿着游戏抽着烟的样子吗？"

这是一个朋友刚刚给我发的一段话，好有即视感。嫁了这样的男人，这生活质量，岂不是唰唰掉了十万八千里？！

所以，姐妹们，别再羡慕别人嫁了大款或公务员。真正嫁得好，是你全身心地放松，像是行走在天然氧吧里；是你可以支配自己的时间和生活；是有人宠你爱你陪着你；是你的每一个小小愿望都有人帮你实现；是在一起的分分秒秒，你都由衷地安心和幸福。

在西方文化群里的六招男人

"20岁时被男人骗可以说你单纯，30岁再被骗，只能说你愚蠢。"玲子这么跟我们共同的小姐妹小唯说。小唯不置可否，固执地看着我们，笑得很无辜。

小唯已经30岁出头，身段却还是跟年轻时一样，长发细腰，喜欢穿旗袍，配一双细跟鞋，走起路来袅袅婷婷。她抽便宜的万宝路，抽烟于她，似乎是一种装备。与她顾盼生姿的大眼睛相比，她抽烟时的优雅姿势，更加风情万种。

小唯这种熟女，在西方男人群里简直是所向披靡，奇怪的是，她却情路坎坷，屡遭变故。那些男人一开始对她趋之若鹜，可相处一段时间，在小唯要动真情的时候，总会出现变数。

与第四个男朋友告吹以后，小唯终于相信了我和玲子的观点，过来找我们求救。小唯的故事我们耳熟能详。征得她的同意，我决定用她的事例，给她也给年轻姑娘们几条建议。

1. 带不带你参加家庭活动

小唯的第一任男友叫乔伊,是她公司里的同事。乔伊对小唯的感情是用礼物来证明的。他经常出差,每次回来总会有惊喜。他深谙小唯的性格,知道她喜欢什么样的礼物。俄罗斯套娃,土耳其蓝眼睛、南非的橄榄树木雕,花钱不多,却因为投其所好,紧紧抓住了小唯的心。

小唯跟我们显摆这些小礼物的时候,从心底里开出花来。我们也替她高兴,直到那年圣诞节,她给我打电话:

"你家圣诞节怎么安排的?我跟你们一起过行不行?"她可怜巴巴地说。我讶异:"乔伊居然没有邀请你参加他们的圣诞趴(party,聚会)?"

"他说他们全家一起去瑞士,正好两辆车,坐满了。我都没见过他家人,这么唐突地一起去也确实不好。"小唯还在替他辩护。

相处大半年了,还没见过他家人!这边不是中国,从南到北,连飞机都要飞上几个小时。这么个弹丸小国,一般人回家都是不到一个小时的车程。

过了节,我提醒小唯:一个男人,如果他在意一段感情,他会非常希望你了解他的家庭他的生活。把你介绍给他的父母兄弟姐妹,是再正常不过的事了。这边的家庭聚会三天两头有,你们认识大半年了,他从来没邀请你参加过他的家庭活动,这有点儿不合情理。

小唯支吾着,说她会留意。结果,没到复活节,乔伊就提出分手。他说,他一直对他们的感情不确定。

看吧,男人不带你参加他的家庭活动,不把你介绍给他的家人朋友，这其实是一个信号：我还没有认定你。

2. 和不和你一起过重大的节日

帕克在比利时空军基地工作，离异，有一个6岁的儿子。因为他长得高大结实，很得小唯的心。开始的时候，小唯还在纠结他带着拖油瓶的事儿，举棋不定。两个人交往几个月以后，小唯终于说服了自己，决定死心塌地给他的孩子做后妈了。

转眼就到情人节了。情人节那天下午，小唯去我和玲子上班的地方，心不在焉地跟我们搭着话。她烦躁地搅着杯子里的咖啡，不停地看手机。帕克跟平常一样，偶尔跟她聊一句。

一直到我们下班，小唯还没有收到帕克的邀请。她不淡定了，毕竟，这是他们认识以后的第一个情人节啊，怎么着也得一起吃顿晚餐，再不济也得送束玫瑰吧。

我和玲子都有安排，各自匆匆忙忙地回家了。第二天，小唯告诉我们，她跟帕克分手了。

"你们老夫老妻的都有活动，我这刚刚恋爱呢，情人节他居然一点儿表示都没有。我打电话给他，问他晚上怎么安排，你猜怎么着，他说为了儿子，他邀请了他前妻一起过。"小唯郁闷地说。

很显然，帕克是想复合的。情人节请前妻，这不是司马昭之心路人皆知嘛。小唯做不做后妈的纠结，真是多此一举了。

双方的生日、情人节这样重大的节日，如果你的他居然不出席，除却特殊情况，姑娘们应该能掂量出你在他心里的斤两了。早点儿抽身，大好的光阴，不值得浪费在没有真心对你的人身上。

3. 是不是经常和你玩儿失踪

善良的小唯总是容易相信别人。她在Facebook上认识了一个在比利时工作的英国人，是组装机器的蓝领。他用他英国式的浪漫骗得小唯的好感。小唯觉得，跟他聊天超级有趣。一来二去，两个人从网络到现实，从餐馆到床上，最后竟然睡出了感情。

每隔两个月，这个英国人就要回英国一趟："我回英国以后这个手机号就不用了，你不要再给我发短信打电话，有事在messenger上给我留言，我会尽快回复的。等我回比利时来，我第一时间联络你。"他回国前总会这么交代。

小唯完全相信他，照他说的去做。他们的关系维持了近两年，中间英国人回国了四五次，小唯从来没有怀疑过。

一次聊天，小唯问我："你说那个英国佬怎么也不跟我求婚呢？他的条件并不好，能找到我，他应该很满意了啊。"

我细问了他们的交往过程，马上怀疑那个家伙在英国是有老婆的。我果断要了他的号码，用我的手机给他打过去。我跟小唯说："是他接的，我就说找他老婆，看他怎么回答。"

对方铃声响起，根本没需要我使诈，马脚就露了出来：电话是一个女人接的。

我对小唯，真是恨铁不成钢。这么明显的骗术，她居然傻傻看不出来。一个男人，动不动跟你玩儿失踪，十天半个月不主动联系你，他怎么会是真心的！

4. 讲到过去，他有没有含糊其词

如果只是被骗个感情也就算了，谁让自己动心呢？可是小唯被骗得最离谱的一次，不仅仅是感情和性，她差点儿因此走向不归路。

男方是土耳其人，生活在比利时。他出手阔绰，花钱如流水。我们问小唯，男方是做什么工作的？小唯说："我也问过他，他说他在土耳其有一个家族企业，其他的，他就不愿意说了。"

我警惕地说："就算是家族企业，也不能甩手不管吧。他一年到头待在比利时，怎么去管理？怎么会有钱赚？"小唯还替他辩解："也许是别人在帮他打理吧。"

玲子同意我的看法，我们一致提醒她，让她留个心眼儿。这种移民过来的穆斯林，不知根不知底的，千万不要轻信。小唯答应着走了。

大概一个月后，小唯找我们，说她要搬家。现在一切真相大白：男子是做白粉生意的，自己也吸食大麻。他就是靠色诱吸引一些女孩儿，让她们染上毒瘾。他和他的同伙就是靠这个发家致富。好在小唯禁住了诱惑，果断不再见他。只是，他知道了小唯的住处，为安全起见，小唯不得不为了躲避他而搬家。

这一经历真是让人心惊肉跳。这一次以后，小唯倒是学乖了好多。不知根底的人，真的不能轻易相信。别说真心了，他们要骗的，不止感情、性和钱，还有你的未来。

5. 他给不给你他家的钥匙

一个真心和你相处的人，对你是信任的，而且，他在心底里期望你能成为他家的女主人。主动给你他家房门钥匙的人，他是打算和你分享他的生活了。

只想泡你的男人，本来就害怕将来你黏上他。他随时准备着脚底抹油溜之大吉，怎么会把他的家门钥匙交给你呢？

如果你跟一个人相处很久了，他还没有给你钥匙，那么姑娘，好好观察下蛛丝马迹，看看他有没有跟你走下去的想法吧。

6. 他计划的未来里有没有你

一个真心对你的男人，在他未来的每一项计划里都有你的存在。2009年，当我还没下定决心过来投奔先生的时候，一些小事打动了我。

他问我，客厅要刷什么颜色？选涂料的时候，他开着视频，让我挑选。

他去保险公司买房屋保险的时候，加了一份每个月要交200多欧元的保险。他说，将来若是他发生了意外，有了这份保险我可以免交月供，银行不会收回房子。

他的第二职业服务于部队，当时的情况，是有可能外派到阿富汗的。他征求了我的意见，申请到了一个不需要被外派的部门——虽然他自己很希望能被外派一次。

正是这些小事，让我看到了他的真心，从而坚定了我裸辞移民的决心。

当然，还有很多方面，都可以考察出男人是不是真心对你，但以上6个方面却是比较根本的。爱情往往盲目，希望姑娘们多长一个心眼儿，擦亮眼睛，珍惜你该珍惜的，识破虚情假意的。

你以为跟你分手，就因为床上那点儿事？

迄今为止，我听到过的最离奇的分手，是莺莺姑娘的亲身经历。

"暑假的时候，我们提前去学校进行入党培训。熬了一个暑假，实在是欲火难耐，就跟男朋友去学校附近的小旅馆开房，你知道的，就是那种隔音效果很差的20块钱几个小时的钟点房。

"隔壁的房间，女的叫得好大声。男朋友突然停止了动作，说：'你听听。'我不明所以。他说：'你听人家叫的，抑扬顿挫的，啧啧。'语气里充满了羡慕。

"我兴致全无。他竟然嫌弃我叫床声音不好听！一瞬间，好多画面出现在眼前：去舞会跟我说谁谁小蛮腰，大马路上看着别人的大长腿跟我说你看腿长穿什么都好看啊。

"'那你买个日本碟片，把声音录成MP3，放在你手机里当音乐听得了！'我冷冷地说。我不动声色地穿好衣服，拉开门走了。那一刻，我就决定了要和他分手。"

我笑得不能自已。这个小男生真够奇葩的，他完全不懂女孩儿的心思，有些东西是不能相比的。

相比较莺莺，婉姑娘的分手故事有些让人心酸。

婉姑娘高中的时候，有一个相貌英俊的小男友。毕业前，两个人在草地上偷吃了禁果。当小男友看到婉姑娘下体流血的时候，他拿起自己的袜子，给她擦了擦……

婉姑娘怒从心头起。姐姐我身子都给了你，你就舍不得你的一件T恤？我的处女身，就值你一双破袜子？

婉姑娘毕业就跟他分了手，小男生至今也不知道为何婉姑娘刚刚给了他最珍贵的，一转身却变了脸。

荷兰姑娘艾力与男友分手的原因也很奇葩：男朋友太猛！"他也懂得调情，可是一旦开始，他就像一匹种马，只知道猛烈地进攻。他根本不懂女生，我们是喜欢猛男，但还是需要张弛有度的。他可以持续一个小时，但我不需要啊。一个小时，我已经累瘫了，根本就达不到G点。男人们总觉得越猛越好，其实不是，两个人之间要协调才最重要。我跟他聊过，可是，他根本不当回事，还说是我活儿不好。"

洛儿告诉我，她前几天刚刚跟男友分手了：她的富二代男朋友的妈妈居然找人给他们俩算命，看看八字合不合，而男友竟然支持他妈妈。

还有是因为男票把历届前任的照片摆在书桌上，女孩儿忍受不了，劝阻无效分手的；因为偶然玩儿男友手机，发现自己被分了组，他发了好多朋友圈，自己都看不到，然后分手的……

尽管分手的理由千奇百怪，我相信，分手跟相爱一样，不会只源于一句话一件事。爱上一个人，是一点点累积的结果，分手也是一样。

你每伤害我一次，每让我失望一次，我就会爱你少一点儿，一直到最后，爱情消耗几近为零。这个时候，只需要一个导火索，爱情的巨轮就会轰然沉没。因为两人之间的感情，已经是中空的枯树，不再能承受风雨侵袭。

各种分手理由，不论听起来多么奇葩，只要它促成了分手这件事，就说明两个人之间的感情是存在重大问题的。

2005年，邓超和郝蕾分手。郝蕾曾形容这段感情是"这辈子最惊心动魄的爱情"。分手的直接原因是郝蕾接演了娄烨导演的需要全裸的《颐和园》。但是，郝蕾曾经很坦白地谈到自己和邓超的分手内幕："分手那段时间，我整天都是恍惚的，我很抑郁、很抑郁，想过自杀。《颐和园》只是个爆发点而已，有没有这部戏根本不重要，结局是注定的。"

我们不知道他们分手的根本原因，但很显然，他们的感情里，问题由来已久。

我认识的一个生意人，赚钱超多，外形也很好，但他有许多臭毛病，比如不爱洗澡；喜欢在外面应酬，回家倒头便睡；换下的臭袜子随手就往沙发上扔。

女朋友忍了他很久，不止一次跟我们说她快忍不下去了。后来男人生意失败，成天待在家里，矛盾激化，两个人的关系终于走到了头儿。

男人某天酒后，一拳砸在车玻璃上："贱人！看老子没钱了，就跟老子掰了！"

但我们都知道，不仅仅是因为钱的问题。

有人说，现代人的生活节奏越来越快，随之而来的，是相应的生活习惯。衣服破了不再需要修补，鞋子脏了不再需要清洗，买买买就可以解决问题。对于爱情，也是这样，年轻人越来越不愿意去"修补"，更习惯于去"丢弃"。

可修补固然重要，也要考虑成本。若是旧车的修理超过了旧车的价值，你还会考虑修理吗？有些东西，已经没有了修补的意义。

你不懂得尊重不懂得珍惜，你无法沟通你拒绝改变，你总让她流泪让她孤独。爱人不是你妈，可以无限包容你一直原谅你。她对你的好，就像银行卡里的钱，你不储蓄，总有花完的一天。

你真的以为，她跟你分手，仅仅因为你没钱、你的一次醉酒，或是你床上的一次无能？别再单纯了。

是她对你失去了耐心。是她在你身上看不到希望。是她没有得到应有的尊重。是她对你彻底失望。是她已经给了你机会，你没有在意。

要勇敢爱，
也要勇敢放手

（一）

巧巧姑娘是我硕士同学，今年已经三十有二，却还是孑然一身。不是她不好看，她明眸皓齿纤纤细腰，瘦瘦高高的个子，走起路来风姿绰约。也不是她不够优秀，求学期间拿了一大堆证书：英语导游证书、英语专业八级证书、对外汉语教师资格证书、公务员考试培训师资格证书。当然更不是她性格内向没人追，巧巧姑娘喜欢聚会，热衷参加驴友组织的骑行、徒步、深山露宿，而且她还多才多艺，会吹长笛会弹钢琴还会跳傣族的孔雀舞。

是因为，巧巧姑娘一直忘不了她曾深爱过的那个他，杨浦先生。

研一的时候，杨浦先生曾经从云南飞到北京看过她。从得知他要来开始，她就激动兴奋得无法入睡。一说起杨浦先生，巧巧就眼波流动双颊泛红，仿佛少女见到了男神时的表情。巧巧带他逛遍了北京城，吃遍了北京的小吃，临走还大包小包给他的家人捎了各式礼物。

除了寒暑假，巧巧在每个学期中的时候都要回一次云南，因为她太想念她的杨浦先生。每次回去之前，她都要精心打扮一番，她说要给他眼前一亮的感觉。

可惜好景不长，研三的时候，杨浦先生要和巧巧姑娘分手，原因是他爱上了县城里的一个小护士。

这对巧巧简直是致命的打击，她怎么也不相信自己那么深爱的男人会移情别恋！闺密们想出各种理由安慰她："你太优秀了，他跟你在一起有压力。""异地恋本来风险就大，男人耐不住寂寞，正常。你就别太伤心了。""算了吧，分就分了吧。你这么出色，肯定能找到比他更好的。"

可是巧巧姑娘不要更好的，她就要他。

毕业的时候，巧巧义无反顾地回了云南，回到了家乡县城，她要把他抢回来。遗憾的是，任巧巧姑娘如何天资聪颖如何一往情深，她使出了浑身解数，杨浦先生还是和那个小护士办了婚礼领了证。

巧巧有个叫柴君的老友，从头至尾亲眼目睹了巧巧如何在这一场感情的战争里心力交瘁伤痕累累。他陪她哭陪她歇斯底里陪她喝酒，他拉着她胳膊不让她摔倒，她酒醉后他把她扛在肩头送回家，在她一次又一次胡闹的时候生气地骂她傻，扯着嗓子问她要自虐到什么时候……

一直到今天，巧巧还单着，他也还单着。

柴君的深情，巧巧自然懂得，可是，她走不出对杨浦的感情旋涡。她有勇气去爱，却没有勇气放手。

"你以为你这样是长情？长情应该留给值得的人。你这是冥顽不灵！是作！你耽误了自己，也耽误了柴君！"闺密们恨铁不成钢。

可巧巧姑娘就是这么一腔孤勇地单着。7年过去，杨浦先生的孩子都上幼儿园了，可她，还没有把心交给别人。

爱情是两个人的事，既然不可能了，就要果断放手，纠葛没有任何意义。青春里有几个7年？我们应该用美好韶华陪伴那个对的人。

（二）

颖又一次给我留言，问我她该不该离婚。上一次她问我的时候，我已经把我的观点讲得很清楚了。颖三年前结的婚，现在儿子一岁半。儿子一岁的时候，她发现老公有了小蜜。我跟她说，如果是我，我会毫不犹豫地离婚。一个可以在外面养别的女人的男人，他的心里，你还有多少位置？但是颖一直在观望，她说是为了给孩子一个完整的家。我苦笑：一个没有了信任、没有了亲密无间的家，还算完整吗？比单亲更可怕的，是一个冷冰冰的没有爱的家。

又过了半年，如今她再次问我。我说："你能忍半年，说明你是真的希望他能回头。那就跟他摊牌吧。如果他可以跟那个女人断得干干净净，回归家庭，你可以选择原谅他；如果他还是模棱两可藕断丝连，那他真的不值得你留恋。"

都说劝和不劝分，可我认为，若爱情不在了，我们就应该勇敢放手。我知道离婚不同于分手，里面牵涉到方方面面，但是，一个背叛家庭的男人，还要他作甚？

出轨的男人，顶多给他一次机会，决不可一而再再而三地原谅。那样，你不是善良，你是在纵容包庇；以后的事实，定会张着嘴，笑话你曾经的忍让。

（三）

小央、巧巧还有我是同班同学。相对于巧巧，小央就明白多了。小央的男朋友是她大学时的学生会主席，毕业后去了上海创业，而小央则继续留在北京读研。他们俩是典型的互补型：小央袅袅婷婷，男友黝黑粗壮；小央温文儒雅，男友特没正经。他们的感情从大三开始持续升温，小央是用情更深的那一个。

研一的时候，我跟小央还在打零工赚钱，满足于一天100块的收入的时候，她的男友已经是个中等收入的白领了。学金融的男生，挣钱总是比较容易，何况还是他那样头脑灵活、搞人际关系游刃有余的金融男。"五一""十一"假期，他总是给小央买飞机票，让她去上海见面。他工作太忙而且经常去东南亚出差，没有时间来北京。

研二的暑假，小央从上海回来以后就有些无精打采。她跟我说，自己好累，一有假期就要奔波去上海，回来后要抽周末的时间回家看父母。学习、兼职、论文、父母与男朋友，她都得招呼。她有些担忧地说，自己一生可能都会是这样的状态，因为男友要求她毕业后去上海发展，而她是家里的独生女，父母日渐年迈，在北方住了一辈子，一定不适应上海的生活。

有一天半夜，她红着眼睛哽咽着跑来我的宿舍，她说她放弃了这一段感情，说完眼泪哗哗就下来了。小央是我最好的朋友，两年多来，我从没见她这么伤心过。她虽然外表孱弱，内心却很坚强，一般的情况，在她那儿都不是事儿。我心疼地劝她不要冲动，她抽噎着说："这不是冲动，我们已经聊过好几次了，他现在事业刚刚有点儿起色，他不可能为了我放弃他在上海的事业。"

直到现在，我都还记得小央当时伤心欲绝的样子，我感同身受，知道那一定是锥心之痛。

后来小央接受了一个追了她两年的人大才子，现在他们有了个可爱的女儿，出门去哪儿，都是令人艳羡的一家三口。

地理距离在小央这儿，是一道跨不过去的坎儿：男友为了事业，要在上海坚守，而父母又坚决不去南方。爱与孝不能两全，小央选择牺牲自己的爱情。既然做了决定，就选择勇敢放手。

现在的小央很幸福。她说，当年放弃的，是曾经年少的真爱，但如今身边这个与她相濡以沫的男人，才是她此生最合适的一辈子的爱人。

（四）

昨天一个读者简信我，表白果断被拒绝，还要不要继续。"强扭的瓜不甜。爱勉强不来。就算你勉强来了，你觉得他会在乎你吗？他果断拒绝，说明你完全不是他喜欢的类型。这并不代表你不优秀，但这代表你们俩没有可能。你敢爱，也要敢放手。"我给这个自称只有18岁的小丫头耐心解释。

爱我的，我不一定爱。不爱我的，我绝对不爱；即使爱，也给自己一个时限，时限一到就死心。我大好一个人，何苦栽在一段没希望的爱恋里？

——三毛

作为新时代的女性，我们可以勇敢去爱，也要在爱情丢了以后勇敢放手。希望颖和巧巧姑娘早点儿幡然醒悟，像小央一样，重新找到属于自己的那一份幸福。

抛去偏见的
班内特小姐

"那个跟我关系很亲密的女生,突然跟我说她打算答应一个男孩儿的约会了。我简直蒙了。我一直以为她应该是我的女朋友啊。"小凡今年刚刚大一,这个女生,是他刚进学校时认识的同专业同学。

"你有没有跟她明确表示过你喜欢她呢?"我问小凡。

"没有直接表白过,但她应该能感觉到啊。我一有空就陪她,有点儿零花钱都给她买零食了。"小凡委屈地说。

"或许,是她希望你们的关系更近一步,可你却迟迟没有行动。她可能是一个比较矜持的女生,不想主动,可是又怨恨你的不作为。我倒觉得,你应该赶紧跟她从实招来。"我给小凡建议说。

小凡心急如焚地约了女孩儿出来,语无伦次地说:"我不知道你有多喜欢那个男生,但是,如果你有一丁点儿喜欢我,可不可以跟我约会做我女朋友?因为我敢保证,我比那个男生喜欢你多得多。"

女孩儿咯咯笑起来。她说："看你这着急的小样儿。那个男生根本不存在啦，是我杜撰出来的。我想知道你到底是想跟我处对象呢还是只把我当红颜。认识都快一年了，你就知道对我好，可就是傻愣愣地不知道表白。"女孩儿还说，一直端着，好累，现在终于可以没有顾忌地享受小凡对自己的好，也可以光明正大地对小凡好了。

你看，女孩儿的心思还真微妙。一条貌似要跟你划清界限的短信，实际上却含着"赶紧跟我表白啊"的娇嗔。都说女人心海底针，"永远也猜不透她们是怎么想的"，是最令心思简单的男生们头疼的问题。

那么，女孩儿的心思要怎么猜？

1. 通过表情、肢体语言等推测女孩儿的心思

一个爱说笑的女孩儿突然沉默起来。你问她："你怎么啦？生气了？"她会回答："没有。"可是，你一定不要以为她真的没生气，听之任之。事实是，一定有什么事让她很不开心。这个时候，你就需要有足够的耐心，跟她交流，搞清楚状况。如果是误会，要给她一个合理的解释，让她冰释前嫌；如果真的是你做错了什么，那你就需要真诚道歉，用一些小手段哄她开心。只要能博她一笑，她又开始健谈起来，就说明警报已经解除。

女孩子"口是心非"的时候比较多，但她们毕竟不是演员，只要你愿意细心观察，大部分还是比较容易看出来的。

平时总是依赖你的女孩儿突然独立起来，一个喜欢与你亲昵

的女孩儿突然间对你的肢体接触不热情，即使她嘴上说着没什么，但心里一定是有情绪的。从刚刚发生的一些事里努力回忆，也许你能找到蛛丝马迹。

2. 吃你的醋说明你在她心里地位不一般

都说男人的独占欲望非常强，其实女孩儿也一样。如果她的心里有你，她绝不能忍受感情被别人染指。

若是你在她的面前接了一通另外一个女人的电话，她会表面平静地等你说完挂断，装作不经意地问：谁啊？你可千万不要敷衍地说：一个熟人。这个时候，你应该实话实说，简明扼要地介绍你跟刚刚通话的女人之间的关系，这样她才不会心生芥蒂。你越是敷衍、越是轻描淡写，她越会产生怀疑。

如果因为这样的事发生口角，千万不要把过错都推给女生，更不要说"你真是小心眼儿""你怎么疑心这么重"之类的话。因为女孩儿的反应是合理的：在乎你，当然要守住这份感情，不让任何人有机可乘。既然你跟通话的人关系清白，为什么不简单说明一下呢？遮遮掩掩含混过关，这种行为本身就让人怀疑。

女孩儿吃醋，小心谨慎地守护着这份感情，说明她在乎你。你应该让她心里不存怀疑的阴霾，让你们的感情一片晴空。

3. 运用逆向思维搞清楚女孩儿的真实意图

文章开头小凡的案例，就是利用逆向思维，成功捕捉到女孩儿的心思的。

女孩儿一直和小凡来往，总是接受他的邀请和零食，说明女孩儿不讨厌小凡，同时我们也基本可以断定，女孩儿在前一段时间，没有和另一个男孩儿频繁接触。这种情况下，女孩儿突然决定接受跟另一个男孩儿的约会，行为有些古怪。

运用逆向思维，我们很快能够推测，女孩儿其实就是用了个小心思，想激将小凡一下。

知道了女孩儿的真正意图，小凡就能做出正确的反应。试想，如果小凡当时把这条信息当真了，勃然大怒之下删了女孩儿所有的联系方式，那他们之间还有没有将来，就很难说了。如果小凡头脑一热，回骂她：你跟我交往的时候还跟别的男生来往密切？你既然没把我当男朋友，干吗接受我给你的零食？女孩儿一定会失望透顶，觉得小凡原来是这种斤斤计较的男孩儿，幸亏没有主动追求他。

可见，女孩儿做出不合常理的举动时，男生应该保持冷静，运用逆向思维，搞清楚女孩儿的真实意图，猜猜她动的是啥心思。

4. 与她的闺密保持良好的关系有助于准确猜出女孩儿的心思

首先强调，你务必要与女孩儿的闺密保持适当的距离，否则，容易让大火烧了后院。即使她跟她的闺密再亲，你也不能对她们一视同仁。记住：你喜欢的那个女孩儿，任何时候任何地方都享有优先权。

但是，与她的闺密保持良好的关系却是必须的，因为，谁也没有她的闺密了解她，出现了问题，她可以给你透露症结所在，甚至可以告诉你解决的办法。

　　得罪了女孩儿的闺密，那简直就是得罪了她的亲友团。你是架不住她们在她身边咬耳朵的。不过，讨好她的闺密，却要做得张弛有度。送小礼物，千万不能私自送，你的她会吃醋的。最好的方法是这样，比如："我从青岛带了些小礼物，你看看，哪些朋友喜欢，你就送给她们吧。"通过她的手送，她有面子，还不会吃醋，她的闺密们收到礼物还是会感激你，一举三得。原则是：你送给女孩儿的礼物一定要比给她朋友的特别一些。

5. 适当试探旁敲侧击

　　"这个周末天气很好，咱俩去爬山吧？""就咱俩？""嗯。本来想约××的，但是他没时间。"这种情况下，如果女孩儿果断拒绝，说明为时尚早，她对你还不够信任。如果她毫不犹豫地答应了，则说明她内心里也渴望单独和你一起。

　　"我室友想给她女朋友买个礼物，可是不知道买什么合适，你能给个建议吗？"女孩儿最开始给出的几个建议，很可能正是她自己最想要的。备上礼物，生日的时候给她个惊喜，会让你们的感情突飞猛进。

6. 制造浪漫打动女孩儿的心

　　没有一个女孩儿可以无视浪漫，即使她收到礼物的时候抱怨你浪费，即使她一向简朴不打扮，即使她是一个典型的物质主义一切都用金钱来衡量。相信我，当她感受到你用心为她制造的浪漫氛围或是收到意料之外的惊喜时，她的心底，是开出了一大片花来的。

浪漫，并不需要很奢侈。你亲手为她准备的烛光晚餐，你偷偷买下她舍不得买的一双鞋，下班路上买一枝包装精美的玫瑰，都很浪漫。

女孩儿在乎的，不是你花了多少钱，而是你的用心和真诚。偶尔的浪漫，可以打动女孩儿的芳心，也是爱情的保鲜剂。

有一首歌是这样唱的，"女孩的心思男孩你别猜，你猜来猜去也猜不明白。"

其实，女孩儿的心思也没有那么难猜。所有复杂的背后，都是因为一颗爱你的心。她可不是跟谁都使小性子的，她的有些小脾气，只有你才能看到。因为你是她最在乎的人，所以她不能忍受你让她失望、让她伤心，她希望你能宠着她、惯着她，容她任性骄横。因为，在她的心里，你跟别人都不一样。

每一个好女孩儿都是一本耐读的书，只要你肯花时间，用你的真诚和耐心，去关心她包容她，慢慢地你就能读懂她。

恋爱中，
哪些细节容易导致分手？

　　乔是我和达西先生共同的好朋友，摄影师，三十来岁，长相佳，无任何不良嗜好，也符合大家所说的高情商标准：不抱怨、不批评，对人热情宽容，会赞美、善于聆听，有责任心且总有好心情。作为朋友，我们都觉得和他相处很舒服。可是，他谈恋爱，却总是不顺。

　　我们认识乔的时候，他有一个娇小玲珑的女友。双方各出资一半买了房，就等着走进婚姻殿堂了。可是后来，两人却分道扬镳。

　　我问乔的女友，为什么铁了心要分手？她说："其实都是一些细节。我们一起逛商店，总是我给他扶门；到家的时候，他都不会主动拿钥匙开门，总是等着我去开；家务事，我不吩咐，他从来不会主动去做。跟他在一起，我心累你知道吗？我觉得，我不是找了个男朋友，我这是养了个儿子啊。"

　　我理解他的女友，换作是我，我也受不了。虽然都是些小细节，但是，女朋友是用来疼的，她不是你妈，更不是老妈子。

生活中天长日久像个没断奶的孩子一样依赖对方，这样的毛病，很容易导致被分手。

乔跟第一任女友分手后，我把我的闺密蓉介绍给了他。因为蓉独立，会持家，凡事靠自己，属于"我有面包你给我爱情就好"的那一类女孩儿。乔不会做家务，我觉得他们俩应该可以互补。当然，我知无不言言无不尽地告诉了蓉乔先生的缺点和优点。

两个人相处还算融洽。蓉做饭，乔负责吃，吃完不忘夸赞她的厨艺精湛；蓉打扫卫生，乔负责给她洗拖把打下手，偶尔过来给她一个吻。

他们认识大概两个月以后，蓉的闺密从上海过来旅游。乔先生和蓉自然要尽地主之谊，带着蓉的闺密去周边的旅游城市玩一圈儿。两周的时间，闺密玩得很开心。

可是，闺密回国以后，蓉提出分手。乔先生是惊讶的，他不知道哪儿出了差错，扪心自问，他觉得对于女友的闺密，他招待得还是挺周到的。

可问题恰恰就在于，他"周到"得太过了。

他们分手以后，我给蓉打了电话。事情原来是这样的——

闺密是第一次来国外，一切都感到新鲜，在每一座教堂、每一处异国风情都想留下自己的倩影。而摄影，正好是乔先生的专业。于是两个人热情高涨，拍得不亦乐乎。蓉有时候也想拍一张，但是往往没有机会。

"我若是想拍张照片，还得喊到他脸上，这感觉好奇怪——我才是他女朋友好不好？搞得我觉得自己跟空气似的。"蓉说。

我后来把这话传达给了乔。乔很委屈地说："我这是替她着想。她朋友来了，我难道不应该热情招待？我们是带她朋友出去玩儿的，当然得以她朋友为中心啊。"

"你是不是热情得过了火，忘了蓉的存在？"我提醒他。

"哪有！我会经常过来搂搂她，偶尔还会主动问她要不要照一张。"乔还是觉得自己做得是正确的，问心无愧地说道。

已经分手了，谁对谁错都不重要了。但是，从这个分手事件我们可以看到，乔先生之所以被分手，是因为他没有做好一个细节：没有把女朋友放在最重要的位置，且没有注意到女朋友的情绪变化。

蓉是小鸟依人的类型，与神经大条的女汉子不同。蓉理想的男朋友，不会做家务没关系，但忽略她的感受就不行了。即使旁边的人是她的闺密她的姐妹，也不可以喧宾夺主。在他们两人的小世界里，她必须是宇宙的中心。

两周的游玩中，蓉可能在头两天就表现出了她的不满情绪，但是，慢热的乔先生一直没有发现，依然我行我素，导致蓉的不满情绪膨胀到最大，最终以分手为结局。

在这一点上，我家达西先生就深谙其道。每每有年轻女孩儿的地方，他都特别注意不要冷落我。即使他跟她们交谈，也会把我揽在臂弯里。有一次我抱怨他对我的朋友们不够热情，他看着我的眼睛说："我如果太热情，你肯定会更不高兴的。就你那小肚鸡肠，我还不知道么。"

我被他盯得躲闪不得，这家伙，简直太了解我了。我嘴上说："切，我才不在意呢。"心里直佩服他看得准。是的，我就是个小心眼儿，特别爱吃醋。也难为了达西先生，随时随地考虑我的感受，认识他这么多年来，他还真没让我吃醋过。

恋爱中，没有把女朋友放在中心位置，容易导致分手。同样，记不住重要的日子，也是一个容易导致分手的细节。

澜是一个知性优雅的女孩儿。她的男友在投行工作，各方面条件均不错。两个人谈了快三年，前不久澜却提出来分手。

分手的导火索是：男朋友总是忙，连续两年忘了澜的生日，澜都选择了原谅。可是今年，他千不该万不该地忘记了他们的相识纪念日。

"对于我来说，我跟他相识的日子尤为重要。因为从认识他那天开始，我不再是一个人，不管做什么，我都会把他纳入我将来的规划。可是他好像毫不在意。去年的相识纪念日，他忘了给我买礼物，没关系，我们一起吃晚餐、看电影，这就够了。今年他居然跟我说，他那天晚上要加班。我看他是完全不在意我们在不在一起吧。"澜的目光黯淡，"我受不了他这样，他不应该忘记我心里最重要的日子。"

澜最后还是跟男友重归于好了。记不住重要的日子，是男生往往会犯的错误。男生可能会觉得这是小细节，不值得大惊小怪，可是女生偏偏很看重这些。

相比较蓉与澜，导致同事香香跟男朋友分手的罪魁祸首就更奇葩了。香香的前男友是个工程师，两个人约会了一段时间，觉得挺合拍，后来就同居了。就在我以为他们要修成正果的时候，香香吐槽说，她再也忍受不了他了。

"约会的时候没觉得他邋遢，估计每次都是洗了头打扮了下出来赴约的。一起生活以后，才知道他有多脏。他经常几天不洗头，每次都要我督促。那天我跟他出去吃饭，当时的场景我给你描述一下：他穿着黑色的夹克，上面一层白花花的头皮屑。我们叫的是一盆小龙虾，他一边剥，龙虾的水就溅到他的裤子上夹克上。我能告诉你我当时差点儿吐了吗？我实在吃不下去了，就先走了。"香香最终跟他各奔东西。

可见，不讲个人卫生也是个会导致分手的细节。

除此之外，还有几个细节也提醒大家注意一下：女朋友痛哭的时候，千万不要置若罔闻，即使你再生气，也应该把对方搂进怀里；打电话的时候，让女生先挂断，而不是你先挂断让她听到"嘟嘟嘟"的忙音。如果你想表现得再完美一点儿，记得乘车的时候给她开一下车门吧，她会很享受你的体贴的。

爱情，是
应该等还是应该找？

　　最近读到两篇文章，都说"爱情要等不要找"。读到这个观点的时候，我眼前出现一幅画：她挽着心爱的人的胳膊，告诉单身的你："就在这儿安静地等着吧，真爱会来的。"然后飘然而去，留下你在凄风苦雨里苍凉。抑或像一个吃着饕餮大餐的人，告诉你要珍爱生命、劝你吃素一般。

　　爱情不能将就，但我们也不能被动地等，我们要找！

　　说爱情要等的人，往往会举冰心和铁凝的例子。

　　1991年5月的一天，铁凝冒雨去看冰心。"你有男朋友了吗？"冰心问铁凝。"还没找呢。"34岁的铁凝回答。"你不要找，你要等。"90岁的冰心说。听了冰心的话，50岁的时候，铁凝找到了真爱。

　　且不说铁凝的故事是个例。铁凝听了冰心老人家的话，等了16年，50岁的时候才等到华生。人生有几个16年？如果铁凝积极地去找，也许只要6年，也许更短。那个人可能不是华生，但那个人也许能给她比华生给的更好的爱情。

青春易逝，年华流转。每每看到春天一树的繁花，我就在想，多像一个20岁的正当好年纪的少女！当樱花开始飘落，就如同一个快要步入40岁的女人，虽然风韵犹存，终免不了残花败柳的痕迹。

如果可以找，恋爱干吗不趁早？找不到，我们不放弃希望，对爱情不失去耐心就可以。但苦等却是不可取的。

有人计算出来，两个人遇到且相爱的概率是0.000049。概率这么小，我们更应该创造机会，多认识人，积极寻找啊。

如果说，找是没有用的，爱情该来总会来的，那我想问，那么多通过相亲找到真爱的，怎么解释？如果他们不去相亲，天天打交道的就是公司里的同事学校里的同学，熟悉的人，很少能擦出爱情的火花，那他们遇到爱情的时间，不知道会晚多少。

唱《祝你平安》的孙悦，有着令人羡慕的婚姻和家庭。她和IT界精英吴飞舟就是通过相亲认识的，最终于2006年，在自家的饺子馆携手走进婚姻。10年过去了，如今谈起老公，孙悦还是一脸的幸福和崇拜。

李开复先生，和妻子谢先铃也是相亲认识的。相亲，让他奇迹般地找到了真爱。李开复父亲的朋友冯伯伯给他们介绍了谢家女儿谢先铃，两家聚会一次以后，两个人开始约会了。两人相处很投缘，彼此开着玩笑。约会几次以后，李开复就向姐姐们郑重宣布："谁也不要再给我安排相亲了，我现在已经找到想要的人啦。"两人的感情一天天在增进。回到美国后，两人开始鸿雁传书。1983年8月6日，两人在台北举行了婚礼。

当然，我承认爱情可遇不可求，但我们要积极地去遇。在遇的过程中，我们在寻找爱情的路上摸爬滚打，也许会坎坷，也许会被伤得体无完肤，但那是我们成长的必经之道。这些甜蜜的忧伤的故事，成就了现在这个丰富的你。

主动是自由，被动是枷锁。找是主动，是积极的；等是被动，是消极的。主动是一种生命蓬勃的姿态，是一种生命强者的魄力；被动是一种迷失的前行，是一种个人主观能动性的制约。

但是，主动去找，不是让你天天在大街上晃悠，看到美女就搭讪；也不是让你没事摇微信，时时处处加附近的人。这些行为，因为low，因为看起来像是想约炮，所以不可取，不是寻找爱情该走的套路。

爱情，应该如何去找呢？最好的办法是：培养几项爱好、多参加社交活动、主动争取、多做实事。

培养爱好 共同的爱好，往往会使人不自觉地想亲近一些，也多了许多认识陌生人的机会。在运动场上，网球小王子结识了一个穿着网球裙的小姑娘，岂不美好？在清凉的泳池里，或是蔚蓝的大海边，碰上属于你的那尾美人鱼，听起来简直是醉人的童话。喜欢徒步的一群男女，在美丽的大森林里，呼吸着新鲜空气，听着啾啾雀鸣，这样的环境，很容易产生爱情。有共同的爱好，也就有共同的话题，后续还能组织许多一起参加的活动，成功的几率大了好多倍。

参加社交活动 朋友的婚礼、同事的生日趴、公司的单身派对，都是认识异性的好资源。因为你们彼此之间不认识，彼此对对方是新奇又有吸引力的；又因为你们有共同的朋友或同事，或是在同一家公司任职，不是完全的陌生人，彼此之间又多了几分信任，少了几分戒备。

主动争取　我有个大学同学，喜欢上一个在北京的云南帅哥儿，可是那帅哥儿对她完全不动心，表白被婉转拒绝。大学同学爱之深爱之切，决定一个人去他的家乡走一走看一看。总之，一切与他有关的东西，于她都是美好的。她独自去了他的家乡，回来的火车上遇到了另一个小伙子。聊天的时候，我那个同学给他讲了自己去云南的真实原因，那个小伙子大受感动。两个人交换了联系方式。后来的后来，他俩在一起了。你看，主动追求，扩展了你的活动范围，也许争取不来你现在想要的那个人，但或许会碰到你未来的另一半。

多做实事　大学里社团需要出力、公司需要跑个腿儿办个事儿，不要一味推脱，可能就是在这次办事儿的过程中，你偶遇了你的另一半呢。我以前工作的学校，有个男教师帮学生去旅行社办出国旅行签证手续，成功勾搭了旅行社接待处的妹子，现在两人新婚燕尔，幸福得蜜糖一般。

都说傻人有傻福，就是因为他们任劳任怨，不计辛苦。在做实事过程中，多了一些人缘儿和圈子，天上掉下个林妹妹的事儿，也是有可能发生的。

另外，在平时的生活中多一些热情和爱心，多展现自己的美好，也是吸引异性的一个好方法。你的博爱和善良，外散开去，其实也是一种间接地主动去找的过程。为马路歌手驻足鼓掌、给流浪猫喂食这些小动作，都能让你散发出别样的光芒来。也许你的TA，因为在不远处看到这一幕，心一下子为你柔软下来，也不一定哦。

爱情就像那盛开的红梅，你不去踏雪寻梅，等着误打误撞，一林子的梅花突然绽放在眼前，那几率可是要小得多了。

还单着的你，积极去寻找你的另一半吧。趁阳光正好，趁微风不噪，趁繁华还未开到荼蘼，趁现在还年轻，还可以走很长很长的路，还能诉说很深很深的思念；趁世界还不那么拥挤，趁现在还有激情拥抱。

爱情不要等，要找。

不管如何，
嫁一个心疼你的人

那是一个冬日的下午，柳絮般的雪花纷纷扬扬地飘落，美得让人遐思。我和娇娇手心里各捧着一杯热茶，透过5楼的玻璃窗，欣赏着这难得一见的美景。娇娇像个孩子，看着漫天飞舞的雪片儿，激动得不能自已。

张臣走过来，有些腼腆地对娇娇说："雪下得这么大，你那电动车今天是骑不了了吧？下班以后，跟我一起坐地铁走吧，这样的天气，打车不安全。"娇娇巧笑着答应好的。

张臣看看娇娇脚上的高跟鞋，没说什么就出去了。一会儿回来的时候，他手里多了一双雪地靴。"就在公司门口的小商店买的，你凑合穿一下吧。别嫌不好看，起码比你那高跟鞋安全。"他用不容反驳的语气说。

"嗨，姐姐我也穿着高跟鞋呢，你这也太偏心眼儿了吧。"我对着张臣嚷，他笑笑，不搭理我。

不对啊，张臣什么时候变得这么体贴了？他的前任女友我也认识，叫可可，长着一张网红脸，笑起来千娇百媚的。我记得那时候，可都是可可照顾着张臣的。聚会的时候，可可总是帮张臣挡酒，喝得自己迷迷糊糊的。张臣有点儿丢三落四，什么东西忘在某个地方了，我们原地等着，可可颠儿颠儿地跑回去，帮张臣把落下的东西取回来。

我一向心里搁不了事儿，找了个机会赶紧问张臣："老实交代，你啥时候开始喜欢娇娇的？隐藏得挺深啊，我们都没看出来。"

张臣不好意思地笑笑，老老实实地说："姐，如果我告诉你已经很久了，从她离婚我就对她有意思，你信不信？其实对娇娇，我是心疼。她一个人，拉扯着个娃娃，还要跟我们一样在职场上打拼。娇娇是个优雅坚强的女人，婚姻的不幸、生活的压力都没有打倒她。看到她下班小跑着往家赶，想到她接完孩子到家，家里冷冰冰锁着的门，我就心疼……"

心疼，是张臣用来形容他对娇娇的感情的词，那一瞬间，我莫名地被触动。

后来我们聚餐的时候，我让娇娇给张臣代酒，张臣一把夺过酒杯："我自己来，我又不开车。我一个大男人，哪能让女孩子代酒。"

我们去郊游，张臣总是替娇娇背包。有一次我们仨一起去怀柔，厕所没有洗手的水龙头。娇娇说上了厕所没洗手太恶心，吃不下去东西，反正也不饿，就不吃了。可张臣皱着眉头不依不饶，拿出自己带的水果和速食，硬是一口一口地喂她吃下去。

"不吃东西哪行，下午还要爬山。"张臣一边喂一边唠叨她，"你本身血糖就低，晕倒了怎么办？你自己不心疼我还心疼呢。"娇娇一边甜蜜地骂他烦，一边也就依着他算了。

两人后来走进了婚姻的殿堂，张臣成了称职的老公和继父。

心疼，一个多么温暖而有热度的词！心疼，是从心底里最柔软的地方发出的最强烈的感受，想给她爱，想保护她，想把一生的幸福都给她，这种爱最简单，最纯粹，也最执着。

讲到懂得心疼的男人，我自然地会想起小禾的故事来。

我老家附近有一所幼儿园，幼儿园里有一位小禾老师，比我大不了几岁，弹得一手好钢琴。小禾老师身材高挑，典雅漂亮，喜欢穿一袭白色的长裙。她性格文静，知识丰富，与她聊天，天南地北，总有说不完的话题。

可是，这么优秀可人的女子却有个小缺陷：从小在站桶里崴伤了大腿骨，虽做了两次手术，走路还是有点儿瘸。就因了这个，小禾28岁了，还是高不成低不就，没有嫁出去。

两个弟弟都已成家，父母日渐年迈。小禾的心里也是着急的，她知道父母很是为她操心。小禾开始同意相亲，可见了一个又一个，最终还是一拍两散。

屋漏偏逢连阴雨，小禾在幼儿园不慎又扭伤了那只本就有残疾的腿。旧疾加新伤，医生也没有了办法。两个月后出院，小禾的境况不容乐观：她走路再也离不开单拐，而且要先练习才会行走。

正在这个当口，小禾的姑姑给她介绍了一个忠厚老实的男人，离异，长小禾两岁。男方来家里跟小禾相亲以后，小禾没什么感觉。话不多、有点儿拘谨是她对他全部的印象。相亲结束，父母问小禾的态度，小禾不置可否："先处着吧。"她淡淡地说。他当然跟她理想中的伴侣相差太远了，但是，她也清楚自己现在的情况。

他们就这样交往着。他每天下班都会绕过来看一眼小禾，陪她说会儿话。他问她："想吃什么？我给你带过来吧。"小禾却推辞不要。他就只好从超市买一堆零食水果，难为情地说："我也不知道你喜欢吃什么。"他跟小禾聊他的生活、他的工作，夸小禾多才多艺、温柔善良，小禾只是礼貌地跟他保持距离，对他不冷也不热。

后来的一天，他过来看她的时候，小禾正在院子里的杏子树下练习走路。他从来没见过她走路，生怕她摔倒，脸都涨红了。他要过来扶她，却被小禾冷冰冰地拒绝了。骄傲如小禾，不愿意让他看到她跛脚走路的样子，所以有些生气。

不知道是不是和他赌气，小禾走得急了点儿，一下子没站稳，扑倒在地上。男人一个箭步冲过来，跪在地上扶起小禾。小禾抬头，看到他额头上的汗珠，看到他蹙起的眉头和他眼里紧张担忧的表情，笑了，笑得很舒展。

那天晚上，小禾告诉父母，就这个男人吧，她愿意嫁了。

"从他的脸上我看到了心疼，那是我在我父母脸上才能看到的神情。"小禾后来跟我说。

事实证明，小禾是对的，这个男人确实值得托付终身。他们结婚以后，男人风雨无阻接送小禾上下班，平时家务事都不舍得让小禾插手。为了小禾，他买了一辆二手车，天气好的时候，他就开车带小禾去远处玩儿。因为他知道，小禾不愿意熟人看到她拄拐行走的样子，去到一个陌生的地方，小禾才觉得放松，才更能享受美景美食。他发现小禾的钢琴太旧，就偷偷攒钱给她买了架新的。

　　过去的小禾，心底是自卑的，她总觉得自己有残疾，不如别人；结婚以后的小禾，从心底里不再那么在意了，"他总是对我说，腿上有点儿毛病只是个小瑕疵；人品上有问题，才是缺陷！"小禾说，语气里透着掩饰不住的幸福。

　　如果你想知道一个男人爱不爱你，不要去看他送给你的礼物的价值，也不要去计较他跟你说了多少甜言蜜语，一个标准就够了：他够不够心疼你。

　　浪漫可以制造，深情可以伪装，温柔体贴可以表演，唯有心疼，制造不了，伪装不来，也无法表演。只有深爱，才会心疼。

　　姑娘，若是有个男人心疼你，是时候考虑把自己嫁出去了。

第四辑

而无论

人生如何，

最终你是我的，

足矣

你想要的那个人，
是什么样子呢

《老友记》里，钱德给莫妮卡描述："我理想的生活，是在郊外有个房子，门口有一条干净的小路，这样孩子可以在上面学骑单车。养一只猫，脖子上挂着铃铛，跑起来'丁零零、丁零零'地响。每天晚上回家看见妻子一个大大的微笑，孩子冲过来抱着我的腿。我就想要这样简单的生活。"

（一）

我们四个大龄女青年健完身坐在舞蹈教室外面聊天，汗珠还挂在脸上。

"你们眼里的幸福生活，是什么样子的呢？"我挑起了话题。

"三分甜，两分苦，五分平淡，一生满足。"台湾女孩儿婉琳首先回答，她声音甜美，说出话来总是富有哲理。

"找一个喜欢的工作，这样每天早晨六点到晚上八点都是高兴的；再找个喜欢的人在一起，这样晚上八点到早晨六点就是开心的。这就是我想要的生活。"来自上海的妮妮最具务实精神。

"我想要开一家自己的小花店，从选址到装修，都按自己的意愿来。"文艺女青年晴晴满怀憧憬。

"你呢？"她们问我。

"有闲，泡茶，读书，写文字。去喜欢的地方旅行，然后与一人择一城终老。"我说。

（二）

你看，一千个人眼里就有一千个哈姆雷特。对于幸福生活，每个人心中都有自己独特的定义。找准目标，努力让你想要的生活变成现实，就是我们现在奋斗的动力。

你想过那样的生活，自然要去实现它，否则，你的幸福只能是水中月镜中花。

婉琳离异带着一个女儿，加之父母年老，体弱多病，她一个人上有老下有小，平时总是步履匆忙。每周两次出来健身，是她唯一的放松机会。但是，从她的笑容里，你看不出沧桑。她看起来总是那么平和，生活的压力没有在她脸上留下印记。她像极了刘若英，一样的恬静、一样的清纯。"刘若英一直不急不躁，40岁才找到真爱。你也一定能梅开二度，找到对的人。"我说。

她浅浅一笑："我的王子，估计骑的不是白马，而是头慢驴，所以还在路上。能来最好，不来也没关系。我挺幸福，女儿懂事听话，二老虽然身体差些，好在还能自己照顾自己。"

婉琳总是这么乐观。她做着两份工作，照顾着全家饮食起居，但她辛苦并快乐着。她说，她觉得自己被需要，每天都忙得充实又有意义。她过着的，正是她想要的简单生活：父母健在，女儿乖巧，三分甜两分苦，平淡中都是幸福。

妮妮有些讨厌自己当会计这份工作。她已经找到了喜欢的人，只是还没有一份满意的工作，但她正在为此努力。白天上班，每周两个晚上去上MBA课程。她满心欢喜地期冀着毕业，换个她喜欢的工作也就是指日可待的事儿。

晴晴这个北京文艺妞儿，也正在追求理想生活的路上。"我不是富二代官二代，只能靠自己了。先攒钱，攒够了钱我就开始实施我的计划。现在这个阶段，生命的意义于我，就是经营一个开满鲜花的小店。"

我们都支持她的想法，开个花店很符合她的个性和气质。既然这是她一直以来的愿望，失败了也没什么。为了心中的理想生活，付出点儿代价也是值得的。

娜塔莉·波特曼在哈佛大学演讲视频里的一段话让我印象特别深刻。她说：没有经验也是一种财富，我们可以创造出自己的方式，而不是按照别人定的既有规则走。自己用血的教训换来的经验往往才是这辈子最珍贵的财富。

晴晴已经开始给花店选址。相对来说，我想要的"自由支配的时间"，听起来好像很简单，做起来却没那么容易。我曾为此放弃了好几份工作，因为那些工作占用的时间太多。我不想我的生活被工作填满。我的观点是：活着，不是为了工作；工作，是为了更好地生活。

在不断的取舍选择中，终于有了现在这个一周三天的工作，既能保证有基本的收入来源，又能保证我有充足的供自己支配的自由时间。

有位简友曾问我：你是想做女强人呢，还是想做小女人？

我答：做女强人，我没有那个能力。幸运的是，我刚好喜欢做小女人。工作之余，喝茶健身读书写字徒步做美食，偶尔觉得自己过得太老气横秋的时候，就去暴力一下：跳个伞，蹦个极，玩儿个真人CS。

对现在的状态我非常满意，因为它正是我心目中理想生活的样子。

我们四个都是普通人，想要的生活虽然各不相同，但因为目标明确，我们都走在通往幸福的康庄大道上。

（三）

可并不是人人都这么幸运。

我家隔壁的老先生，有一家造船厂。他有三个儿子，老大选择做建筑设计师，老二选择画画儿为生。老三本来也喜欢画画儿，但是，老先生说，你们总得有一个要接管我们的家族企业吧。画画儿当职业，你有可能连老婆孩子都养不起。好好的造船厂，钱哗哗地赚，为什么不选择接手管理家族企业呢？

老三性格最软弱，听不得劝，就放弃了自己喜欢的画画儿职业，接手了造船厂。

如今，老三也已经40多岁了。今年，他终于决定把造船厂卖了。他说，这些年来他从没快乐过。看着二哥家里的画布油彩，觉得那才是暖暖的生活；而自己，成天跟钢铁、数字打交道，心都冷冰冰的。他决定重新拿起画笔，一切从头开始。

你看，搞清楚你想要的生活有多重要，否则，十几二十年，青春不再，却没有快乐地活过，岂不悲催。

（四）

有人说，我很迷茫，我还不知道自己想要什么样的生活。

迷茫，那是因为你没有充分认识自己。多给自己时间，静下来，与自己的心对话，慢慢你就会知道哪种生活才是你真正想要的。

你也可以依据自己的内心，先做短期目标。

你想要名牌包？那就努力赚钱买去。如果那是你想要的，没得到，总会觉得生活有一丝遗憾。我们想要什么，自己心里清楚。喜欢奢侈品的女孩儿，一个名牌包包带来的快乐，远比诗与远方来得实际。

你对物质生活没什么欲望？如果你想要的是有更多的时间陪伴家人，你不在乎房子小点儿、车子破点儿，那么，不用羡慕邻居有了新房新车，因为你们幸福的标准不一样。

你热衷存钱？早晨醒来，看一眼银行卡上的数字，心里就觉得欢喜，就过得很安心。如果这就是你理想生活的样子，也未尝不可。干吗非要去旅行？旅行可以增长见识，可并不是说不喜欢旅行的人，就一定没有见识。

如果你热爱流浪，背上行囊出发吧。去北京的地铁口、去巴黎罗浮宫门口偶遇你的灵魂伴侣吧。

如果你喜欢孩子，就生一窝熊孩子，天天享受儿女绕膝的天伦之乐吧。

生活是多元的，每个人心中的幸福是迥异的。萝卜青菜，是你想要的就好。不要跟风，不必攀比，搞清楚你想要的生活再奋斗。盲目努力，最好的青春都用在了累死累活的加班上，到头来你会发现，钱是赚了一些，但你错过了参与孩子成长的最佳时机，可能你并不觉得幸福。

（五）

日本著名服装设计师山本耀司，年轻时就希望自己能引领世界服装潮流。他于1972年创立了自己的公司后，经历了一段他称之为"失去的十年"——那十年，他埋头工作，对日本发生了什么一无所知。因为那是他想要的生活，所以并不觉得苦。

我们也许不能像大师那样有成就，但是，过上自己想要的生活，也是一种成功。

你想要的幸福生活是什么样子的？先给自己一个相对准确的答案吧。目标错了，南辕北辙，你可能会背离自己的内心，与幸福渐行渐远。只有目标明确，然后为之进行准备、为之努力奋斗，才能在未来的某一天，过上你想要的生活。

现在的你，
正是最好的年纪

　　一尺八的腰，二尺六的臀围，75C的胸。那一年我20岁，在合肥商之都里试衣服，我看上的每一件，穿上都很漂亮。可我只是在镜子前转一圈儿，然后就脱下那件新衣服，抻平上面的皱褶，又小心翼翼地把它们挂回去，因为我没钱。旁边一对中年夫妇，女的穿金戴银，一身的雍容华贵，男的手里提了四五个不同品牌的衣服袋子。我承认我羡慕：我多想过她那样的生活，想买就买买买，出门不用等公交，私家车就停在楼下的停车场里。

　　十几年后的我，自己开车逛街，买东西也可以不再犹豫。可是，看中的衣服，穿在身上照一照镜子，就没有了购买的欲望。看着旁边二十来岁的姑娘，我心里是嫉妒的：她们素面朝天就自带吸引力；她们的身材，即使是路边摊的衣服，也能穿出青春的韵味；即便裹着宽大的校服，也掩盖不住她们青春的气息。而我，已经是不化妆不敢出门、再也不敢去尝试街边小店衣服的年龄。

如果能回到20岁，我可以不要银行卡上的那一串数字。我在心里想。

我突然意识到，这一生，我们是不是总在羡慕别人？

场景1　小学门口

我不想吃早餐，妈妈逼着我吃；我要穿裙子，妈妈非让我穿秋裤。我毫无办法，只能用哭来反抗这个世界。我多羡慕背着书包自己骑车上学的哥哥姐姐，风鼓起他们的衣服，自信在风里飞扬，丁零零的车铃声清脆悦耳。在我这个小学生眼里，他们的生活简直是五彩缤纷：他们已经能按自己的意愿穿衣吃饭，能自由支配课余时间，可以有心里偷偷喜欢的人，已经能掌控自己人生的方向。

可是，少年有少年的烦恼。有一天，姐姐不知道为什么哭了，她送我到小学门口，竟然对我说："我多希望能回到你这个年龄，无忧无虑；会因为一颗糖破涕为笑；夸你一句就可以开心半天。不用受暗恋的煎熬，没有写不完的作业，不需要担心成绩下降，更不用考虑上哪所大学……"

场景2　高中校园

我们终于上了高中，每天在腥风血雨般的拼搏，我们熬夜奋战题海，为一次两次考试的失利而伤心。抬起头来，看看已经在大学的昔日学长们，他们学习轻松、社团活动丰富，可以光明正大地恋爱，再也不用像我们现在，跟喜欢的那个TA地下党一样偷偷"接头"。

可是我们不会想到，那些上了大学的学长学姐，正在回忆他们甜蜜的初恋。那些感情，因为懵懂而美好，因为单纯而难忘。那时候的爱情没有一丝杂质，不用考虑将来的就业和发展，不用考虑车子房子。

"最怀念的是高三那些艰苦的日子，虽然苦不堪言，可每天忙碌而充实。那些日子，也许我这一生中再也没有机会体验。那是我们人生中真正奋力一搏的一段时间。高考虽然残酷，却是这个世界最公平的一次博弈。"已经考上大学的学长说。

场景3 大学宿舍

经过惨烈的角逐，我们涉过重重险恶，一路过关斩将，终于考上了当初憧憬的大学。

入学以后，才发现大学生活不过如此，远没有想象的那样花团锦簇。每天吃吃睡睡，过着猪一样的日子，经常觉得迷茫、觉得百无聊赖。我们盼着毕业，早点儿找个工作，赚钱养自己、孝敬爸妈。

"学姐，大学的日子好无聊啊。真羡慕你，工作了，可以赚钱了。"你打电话说。

"是的，我毕业了。可是你知道不，2000块钱的底薪意味着什么？我该选择在大城市蜗居，还是回到小城市安稳？毕业了，一切现实的问题砸过来，我多想再回到大学，过几年学生生活。你现在还感觉不到，学生时代，其实是人生最幸福的一段时期，没有江湖，很少虚伪。相对于社会，大学还算是象牙塔。"学姐低声回答，语气里都是无奈。

场景4　相亲现场

再然后呢？二十七八还没有对象的我们，开始遭遇催婚。

等我们疲于奔命地相亲，坐在星巴克的桌子前，衡量着对方的软件和硬件，盘算着该留还是该撤的时候，我们叹息：如果是刚刚毕业就好了，虽然赚钱少点儿，可我们还有折腾的资本；我们可以跳槽、可以炒老板鱿鱼、可以换其他行业，一切，都还有机会从头开始。

而现在，买房、结婚、生孩子，我们已经没有了选择。即使现在这份工作如温水煮青蛙，我们也只能待在锅里，慢慢死去。因为，我们已经没有了试错的时间和胆量……

相信我，现在的你，正是最好的年纪。不要羡慕别人，不要想象将来多么美好。过好当下每一天，才是最正确的事儿。等到我们老死的时候，才会没有遗憾。

2016年3月24日离世的世界第三大足球羽星克鲁伊夫，当他得知自己罹患肺癌以后，曾镇定地说："这是一件不幸的事，但我对自己的一生无怨无悔。我的职业是我热爱的运动，一生中的每一天，我都没有虚度。"

年轻时候，他驰骋球场，三次夺得"欧洲足球先生"称号；退役后，他拿起教鞭执教，硕果累累。后来的十几年，因为心脏不好，他放弃工作，陪伴家人。每一个年龄段，他都过得有声有色。

在我的隔壁住着一对荷兰老夫妻，男的86岁老伴儿85岁。两个人每周打两次网球，每天都要出去走走。他们对现状很满意，最经常说的一句话就是：我们还年轻，还能自己照顾自己的饮食起居。相比他们，抱怨青春不再的我，真是太矫情了。

去年我在一所语言学校教中文，同事大部分都是四五十岁的荷兰女教师。不管是开会还是上课，她们总是把自个儿打扮得美美的。她们喜欢穿色彩亮丽的衣服，用鲜艳的口红。聊起来，她们总是说："我们这个年龄多好，可以想去哪儿就去哪儿，旅游目的地可以自己决定。我们还年轻，身体还健康，爬山去海边，哪儿都可以。"

一起去桑拿的时候，她们都大方地穿上比基尼："别说我肌肉还没松弛，松弛了也要穿。我这个年龄，还有这样的身材，我已经很满意了。"其中一个说。在她们的影响下，我也觉得自己还很年轻，渐渐对自己的那点儿小肚腩毫不在意了。

我们总羡慕自己这个年龄没有的东西，殊不知你的现在，正是被别人羡慕的最美的韶华。每一个年龄段，都有它特别的美好。

"我们现在所处的，就是最美的年纪。"愿我们一辈子都能记住这句话，相信这句话。

不完美是生活的常态

在《季羡林谈人生》里，老先生写过这样一句话："每个人都争取一个完满的人生。然而，自古及今，海内海外，一个百分之百完满的人生是没有的。所以我说，不完满才是人生。"

月盈则亏，水满则溢，这个道理我们似乎都懂。但我们总会羡慕别人拥有而自己没有的东西，希望自己处处比别人高出一等，有些愿望一旦没有实现，就会抑郁低落，心情也一落千丈。

其实真的大可不必。谁的生活能一帆风顺万事如意？没有考上理想的大学、没有找到喜欢的工作、你喜欢的人不喜欢你……还有很多你想都想不到的东西，让生活留点儿遗憾。

我的同学小巫，漂亮、能干，人也超好。工作一流，嫁得一流，唯一的缺憾是，两人结婚数年，至今未孕未育。去医院检查，两人都没有毛病。中药吃了好几筐，还是不见效。好在夫妻俩都是高知群体，互相宽慰互相开导，两人在彼此的深情里，都没有因为这件事给心底留下阴影。他们现在已经释然，小巫说：

"我应该满足了。上帝把这么好的男人给了我，虽然我一百个愿意为他生个娃，可既然命运如此，一定也有它的道理。能来更好，我随时准备好当妈妈；不来就不来吧，丁克也挺好的。"小巫的老公说得更让人心暖："我本来想要个女儿，希望她长得像妈妈，我老婆这么漂亮，后继无人太可惜了。不过没有也没关系，还没有人跟我抢她的关爱。"

他俩的态度，让我感动至极。一个好的心态，能让不完美的人生完美。遇到生活中有不如意的地方，接受它，继续向前，生活只会越来越好。

我也曾抱怨先生不会做饭，若是想吃点儿啥，自己不动手，就只有三样选择：面包夹奶酪、煎薄饼、鸡肉饭。这是他所有会做的东西。可是，当我下班回家，看到他站在窗前朝我微笑给我开门的时候，当他洗好衣服细心地抻平晾在衣架上的时候，当他把桌布铺好，盛好米饭倒好饮料的时候，我觉得一切都不重要了。除了做饭，他承包了大半琐碎的家务。我们各负其责各司其职，共同经营着我们温馨的小家。就像张小娴说的：所有的深情，原来是由许多细碎的时光一一串成的，就像一串亮着迷蒙微光的小灯泡，静静地俯伏在脚边，照亮着我们彼此相依相伴的身影。这些寻常的日子，就是美好的小幸福，我何必在意多做几顿饭呢？

其实我的生活，不完美的地方还很多。我的工作，并不是我真正喜欢的；我想实现的夙愿，也还没有实现的迹象。但是，没什么大关系，我每天依旧开心。因为知道还有不如意的地方，就有了努力的动力和方向；有了方向，也就觉得充满希望。

生活不必太完满。于无声处听惊雷，于无色处见繁花，保持积极的心态，去迎接、去面对、去拥抱，这就是最好的生活。树在，山在，大地在，岁月在，他在，你还要怎样更好的世界？

没有谁的人生是完美的。穿着貂皮坐在宝马香车里的雍容妇人，她拥有了一定数量的财富，但青春不再；生意兴隆的客商，虽然可以挥金如土，却要经常奔波在生意场上，没有时间留给家人；官运亨通的官员领导们，既怕得罪上司，又怕没办好实事留下骂名。

家庭幸福的人，可能没有一份让他找到成就感的工作；职场青云得意的人，可能少了一个微笑迎接他回家的爱人。

不管谁的人生，都曾有过不完满的印迹。赵薇现在的生活，是明星圈里有名的幸福的表率，可是，赵薇也曾经历过一段伤心的日子。她曾和王励勤真心相爱，却因外界对他们的恋情过分关注而备受责难。王励勤当时参加比赛，失误越来越多，成绩越来越差，人们就把罪责放在赵薇身上，于是网上各种谩骂赵薇拖累王励勤的言论，让赵薇承受了巨大压力。雪上加霜的是，王励勤爸妈很想儿子有一个正统儿媳，排斥赵薇的艺人身份，因而阻挠赵薇与儿子的恋情。就这样，赵薇惨遭王励勤抛弃。一切都是上天注定，王励勤的不娶之恩，成就了赵薇和黄有龙幸福的爱情。

完满与不完满是一个相对的概念，大城市有灯红酒绿看不尽的繁华，有更多资源、更多机会，可也有高峰时段水泄不通的堵车；乡村里有新鲜的空气蛙鸣鸟啼，有闲适的去处登山的野趣，可也有办事不便信息滞后的弊端。选择在城市生活，就要接受城市的空气污染和喧嚣；选择在乡村生活，就要做好办个签证赶个飞机需要跑个几百公里的心理准备。

朋友的姐姐打算过来定居，问我在欧洲生活有哪些有利和不利的因素。我说，先说不利的吧：餐馆贵得要死，还不一定符合你的口味；大部分商店周日不开门；快递没有中国快；下雨的日子比晴天多。好的方面是生活节奏慢、压力小、人与人之间不攀比，大家都在过自己的生活，没人对你的日子指手画脚，你可以真正做自己。

她眨巴眨巴眼睛说，为了可以做自己，我愿意接受前面的小瑕疵。

> 世界上的事情，最忌讳的就是个十全十美，你看那天上的月亮，一旦圆满了，马上就要亏欠；树上的果子，一旦熟透了，马上就要坠落。凡事总要稍留欠缺，才能持恒。
>
> ——莫言《檀香刑》

当我们把生活中那些不如意看成是一种缺憾，放大生活中痛苦的时候，人生仿佛一片黑暗；而当我们能够看淡那些不完美，把生活中那些不如人意看成人生正常的组成部分，顺应的同时尽力改变，你会发现你的人生并不糟糕。在面对不完美时，我们唯一应做、能做而又必须做的就是：接纳它，然后尽力往完美的方向努力。

最好的境界就是花未开全，月未圆。接受人生中的不完美，才有满足感和幸福感。有缺憾才是恒久，不完美才是人生的常态。看到了不完美的地方，并努力去弥补，争取把它变得完美，最后我们终将获得一个接近完美的人生。

活成最好的自己，你也可以

几年前，我曾在北京的一所中学任教。班上有个女生，大家都叫她龙姐。

龙姐是我的语文课代表，她在班上很有号召力。每天早上我还没到校，她已经组织同学们读起诗词、文言文来。龙姐痴迷阅读，文科很好，但理科比较弱，在班里的成绩总是中等。为此，她有点儿不自信。她曾跟我聊天，说班里同学都很牛，有目标清华北大的，有将来要出国留学的。我看着她的眼睛，问她："傻丫头，班里有几个像你一样博览群书，能谈古论今的？"她歪着头想了想，咧嘴笑了，不客气地说：这倒是。

如今的龙姐，在北京一所大学的考古系读大二，考古不是热门专业，却是她的兴趣所在。在大学里，她加入了学校的辩论队，近两年来，与其他大学辩论队进行过好几轮激烈交锋，上个月刚刚获得市级"最佳辩手"称号。大学里的她，如鱼得水，游刃有余，过得滋润而充实。

　　成绩不拔尖儿、理科不好，都没有太大的关系。总有一个地方适合你，让你闪光。关键是你要做对选择，在你可以到达的高度，选一个适合你安营扎寨的地方。

　　我们可以羡慕别人，但还是要根据自己的情况，脚踏实地。每一个人的生存轨迹都无法复制。世界上没有完全相同的两片树叶，也没有完全相同的两个人。不要做别人眼中的你，要做你心中的最好的你自己。

　　涵是我的另一个学生，比龙姐高两届。她在大学的时候，喜欢上了帅气的学长。她性格内敛，羞于表达，就和舍友一起，创造机会与学长见面。他们一起郊游、一起参加娱乐节目的录制。舍友们打扮入时、会唱会跳，相比较起来，涵就要"呆"一点儿。学长知道涵对他有意思，总是时不时地点拨：你跟她们学着点儿啊，录制现场就是要嗨起来；你其实不丑，但是你的衣服总是不太适合你。

　　涵承认，她不会化妆，不擅长淘漂亮的衣服，唱歌还五音不全。她努力学过，因为她想变成学长喜欢的样子。但是，事实上，她还是更愿意安静地窝在自己的小床上看书，更享受在夜深人静的时候写写文字。她申请了个人公众号，认真地记录心情，写她眼里的小世界。没有想到的是，她的公众号很快引起大家的关注。一个月以后，她先是陆续收到一些没有稿酬的约稿信；后来，开始有人付费让她写文。大学还没毕业，同学们还在如火如荼地投简历找工作时，涵已成为某杂志的专栏作者。

　　涵在一篇文章中写道：每个人，都是不一样的烟火。我们在这世界上只活一次，而且不会再有这样特别的机会，能够把众多纷繁的元素重新凑到一起，组合成如此奇妙而独特的个体。所以，生命如昙花，不要强迫自己变成别人的模样。在自己盛开的时段，不遗余力地绽放，做最美的自己即可。

我欣赏涵的观点：每个人都是独一无二的个体，生而为人，来到这个世界一遭，就要活出自己的轨迹，即使跌跌撞撞，只要是你喜欢的样子，坚持走下去，或多或少会有惊喜。

我们不需要别人告诉我们应该成为怎样的人。根据自己的特长、爱好，追随自己的感觉，找一条适合自己的路。因为，我们只活一次，要活成自己喜欢的样子，虽然这条路，也许很难。

王安石在《游褒禅山记》里有这么一句话："世之奇伟、瑰怪、非常之观，常在于险远，而人之所罕至焉，故非有志者不能至也。"

有志者才能到达险胜看到美景。在追梦的路途中，也许会艰难孤独，我们要能栉风沐雨、战胜困难。只有耐得住寂寞，才能守得住繁华。

苏羽是我堂妹的同学，专科毕业，在家乡找了一份稳定的工作，工资不高，压力也不大，父母很是满意。独生女儿，留在身边心里更踏实。但是苏羽天生是个不安分的丫头，这种温吞的生活，过得她生不如死，她想辞职去做自己喜欢的事。

"你能做什么呢？现在竞争这么激烈，你又不是名校毕业，就一个专科生。"父亲问她。

"我想去学摄影。我想了很久，这是我唯一感兴趣的事儿。"苏羽吞吞吐吐地说，她知道父母不会同意。

父母果然坚决反对，放弃稳定的工作，学一个可能根本养活不了自己的技能，简直是幼稚。但苏羽这次没有像一直以来那么听话，她苦口婆心地劝父母：这份工作，除了稳定，还有什么发展的可能？而摄影，却是自己的兴趣所在，起码自己做得开心。她答应父母，给她3年时间，如果3年以后她没法用摄影养活自己，她就回来找个工作，安稳过日子。

苏羽辞职以后，先是在网上找了资料，自己琢磨。她进了一个群，群里都是些摄影爱好者。这些摄影爱好者里，有个喜欢分享的国家地理杂志摄影师，苏羽主动联系他，请求免费给他当助理。当助理是个非常辛苦的活儿，有人居然愿意免费做，那位摄影师自然愉快地接受了。就这样，苏羽跟着他，在长城上夜宿过，在九寨沟遭遇过山洪。日晒雨淋，风餐露宿，苏羽白天扛器材调镜头，晚上修图。两年后，苏羽黑了壮了，技术也学到了。

苏羽后来并没有回老家，她在江南一座城市开了一间属于自己的小小工作室。父母看她这次这么积极、这么努力，主动给她投资。看着散发光芒的女儿，老两口儿悬着的心终于放下了。

"如果当初我不辞职，一辈子的生活，就是每一天的重复，浑浑噩噩过完一生。摄影让我找到了自己，我可以几个小时修图，饭都不记得吃。我喜欢现在自己的样子。要是高中的时候有这个劲头儿，考个一本是没有问题啦。"苏羽跟父母开玩笑。

做自己喜欢的事，成就自己。这方面的楷模，当属徐静蕾。老徐同学2002年当选"四小花旦"后，突然决定转型当导演。2010年，她导演的第四部影片《杜拉拉升职记》票房突破1亿。在2015年导演并主演了《有一个地方只有我们知道》之后，她又隐遁起来，专心做起缝纫来。书法、手工，让老徐富含小女人气质；演员、导演，她同时又是个女强人；敢于只要爱情、不要婚姻的做法，又让她与演艺圈里大部分女明星迥然不同。老徐说，她喜欢现在自己的状态：可以365天无所事事，也可以下一秒变身工作狂人。

龙姐靠辩论生辉，涵因写作发光，苏羽让爱好变成谋生的手段，她们都活成了最好的自己。世上的路有千万条，总有一条适合你；世上的人有千万种，愿你成为那个你喜欢的自己——你喜欢的自己，就是最好的自己！

月入两万+
可我还是不敢花钱

一个在北京的闺密，让我暑假回国给她带个奢侈包包，我说好。她先发过来两个小香家的图片，说那是她最爱的两款。过了一会儿，她又说："算了，还是买个轻奢的MK好了。"

我说，既然买还是买个喜欢的吧，虽然贵一些，可也确实更好看。

她发过来一连串大哭的表情，然后说："银行卡上钱是有，可是，总是不敢花啊。"

我不再劝她。我在北京混过，知道她说的不是夸张。

那时候的我，就像闺密说的一样：银行卡上有钱，但我不敢花。

我永远记得，刚工作那年，我很想学钢琴，可是去培训班问了钢琴课价格以后，我犹豫了。上网一查好一点儿的钢琴，更是比其他乐器贵得多。后来，我就彻底放弃了学钢琴的打算，改学古筝了。虽说古筝也是我的心头好，但是，没学成钢琴，始终是我心里一个小小的遗憾。

上班的路上，总会收到传单：某处的楼盘开售。一看房价，我恨不得连早餐都省了。夏天路过甜品店，我想进去吹着空调，吃一大碗冰沙，享受一把透心凉的舒爽。可一想到心仪的车子还在4S店里，就只买了一个小甜筒，顺着马路牙子一边走，一边不顾形象地舔着，心里窃喜又省下了10块钱。出门打车，明知道黑车不安全，出了事故没保障，我还总是双脚不由自主地朝黑车走过去，只因为比普通出租车便宜一些。

月光？从来没敢那么放肆过。每个月，工资卡上的钱纹丝不动，再把绩效工资拿出一半来存进去，剩下的一半，加上平时的加班费、节补等，才是我下一个月可以享用的额度。

当然，闺密的状况比我好了很多。我彼时是孤军奋战，而闺密现在有老公一起打拼，而且他们房子车子都已经买了，按说是到了可以享受的时候了。但是，又一个五年过去了，父母又老了一些。机器老了，零件就总是出毛病，何况是吃五谷杂粮的老人。四个老人，谁能保证都健健康康的，不生大病？

闺密说，关键还不是老人，最让他们不敢花钱的，是孩子。在北京，上个重点小学，明码标价30万，人大附中90万，还不包括学费住宿费生活费。而且，这还得有关系，否则钱没地方送。要不就得买学区房。学区房的价格，网上有一篇报道，相信你也看了，很小的一套旧房子，300万，后来临时涨价30万，把人都逼得移民美国了。现在，放开二胎政策，外来人口也在不断增加。"等我娃娃上学了，教育资源更紧缺。还是要多备点儿粮草啊，否则到时候，公立的进不去，私立的上不起，回头真要跟咪蒙似的，给人下跪的心都有了。"

闺密的宝宝才两岁，还没入园，就已经要未雨绸缪了。被她这么一说，我想，别说花大钱了，买件衣服估计她都得好好考虑一下再行动。

我舅舅家的表妹大学毕业就在上海工作，在上海收入也算中上吧。表妹长相标致、气质好，喜欢打扮。她很会买东西，特别擅长在淘宝购物，每次都能花不多的钱，买到质量上乘、穿着得体的衣服。

然而有一次，我跟她一起想淘一条哈伦裤，我才知道她每次有多纠结。一件衣服，她要综合比十来家，比价格、比评价、比信誉。总之，一件衣服，没有一个小时是搞不定的。我说，淘宝购物就是为了省时省力，像你这样，还不如去商场买得了。

她认真地看着我说："姐，同样的牌子，我在淘宝上买，比在商场要便宜好多呢。比如你刚才那条裤子，比商场要便宜100块左右。"我说："可是商场可以试啊。你一个月工资好几万，在乎这100块吗，时间也是金钱啊。"

她叹了口气，说："不瞒你说，我房子买了，银行卡上的存款也还有六位数。我有上海户口，以后要是结婚了，孩子上学应该也没有大问题。可是，我也不知道怎么的，就是感觉有压力，我都不知道这压力从哪儿来的。我不敢花钱，总觉得卡里钱再多一点儿，才更有安全感。"

她的话让我想起，有一次我从青岛坐火车，夜里到北京南站。打车经过国贸，看到灯火通明的SOHO大厦的时候，那一瞬间，我忽然特别失落沮丧，仿佛自己压根儿就不属于这个城市。这个城市里有无数的霓虹，可是我只能蜗居在北四环外的一个角落里。这个城市人来人往，可是我谁也不认识，谁也不在乎我存在与否。

城市大了，漂在城市里的人，就容易缺乏安全感和归属感吧，而这种缺失，人们往往靠物质的满足，来弥补它。然后人们就需要更大的房子、更贵的车子、更多的存款来做保障。这些物质的东西，就像他们的盔甲。别人羡慕的目光，才让他们有一些存在感。

我想，这也是大城市里人们总是行色匆匆的原因——为了追求更多的物质，他们不得不像上紧发条的时钟，一刻不停地向前向前。

那天晚上，表妹带我去吃烤肉，同去的还有表妹的一个同事。席间我们又聊到所谓安全感和归属感的问题。表妹的同事说，自从买了房子，她倒是觉得有了些归属感，只是在花钱方面，还是不敢放肆。"上次我爸生病住院，说是有医疗保险，可是，稍微好一些的药都不给报销。他那个病，有一种药效很好的针剂，是进口的，自然也不在报销范围之内。出院的时候，我算了一下，一共花了18万，医疗保险只给报了8万不到。你说，银行里没点儿钱，我跟老公两家四个老人，要是谁不幸得了个大病，还能不给治吗？"她说完，低头灌下去一大口啤酒。

"另外，我们现在两个人都上班，还房贷交保险确实比较轻松，可是，谁知道将来会怎样呢？我们公司也不景气，这种外贸公司，每年上海都要倒闭几千家。如果哪天我失业了，以后还房贷、养孩子，都靠老公一个人，日子就难过了。"表妹同事继续说道。

房子住上了车子开上了存款也有了，可还是不敢花钱，因为怕生病怕失业怕孩子上不起学，因为只有存款才能给人安全感。

这是在北上广深这些大城市生活的年轻人的普遍症状。而且，这种病，得上了就很难根治：我来欧洲快5年了，对先生"月光"的做法总还是颇有微词。

凤凰新闻网上曾有一则消息上了热搜，说的是深圳白领小鱼儿和丈夫选择卖掉深圳的房子，回到老家武汉。在武汉，他们用卖房的钱加上多年的积蓄买了4套房。"在深圳生活一直感觉是负重前行，有钱也不敢花，现在终于敢花钱了。"

我们且不讨论他们的做法是不是明智，只是从大家对这条新闻的关注热切度来看，在北上广深生活，不敢花钱的，除了当初的我、现在的我闺密、我表妹和小鱼儿，应该还有很多很多人，跟我们有同样的境遇。

什么时候我们也可以大胆去做月光族？那就要等到中国的社会保障制度再健全一点儿、中国真正达到发达国家水平的那一天。以中国迅猛的发展势头来看，这一天应该指日可待。欧洲一些国家现在虽然经济发展每况愈下，但他们的社会福利还在有条不紊地运行。当然，他们年轻时付的各种保障金也确实高昂。他们之所以敢"月光"，敢于享受生活，是因为他们在一定程度上没有后顾之忧。

希望在几年后，中国的社会保障体系更加完善起来，这样不管生活在中国哪个城市，大家也敢大胆花钱、尽情享受生活。

嗨，那个嘴笨的人，我喜欢你

或曰："雍也仁而不佞。"子曰："焉用佞？御人以口给，屡憎于人。"

——《论语》

有人说冉雍这个人有仁德，却没有口才。孔子道："何必要口才呢？强嘴利舌地同人家辩驳，常常被人讨厌。"

相对于伶牙俐齿、巧舌如簧，我也更喜欢嘴笨的人，比如楠。

楠是已经在荷兰生活了12年的中国女孩儿。她老公是浙江人，自己开公司，他们家就在公司旁边。公司设了两个可以住宿的房间，有时候国内客商过来，就住在公司。

那些客商，都是有钱的浙江土豪，比较不拘小节。一次楠正在做饭，一个客商突然拉门进来，把她吓了一跳。她实在不习惯别人没有敲门就闯进来。在荷兰，即使是亲戚来拜访也要提前预约。又惊又气之下，楠的脸涨得通红。

但她生性木讷，虽然很反感这种做法，却不知道该怎么去谈这个问题。她也担心当面跟别人说会让人下不了台。后来，她想了一个办法，打印了一张纸条贴在门上：请先敲门。

前几天我去她家，看到这张纸条忍俊不禁。我说我也讨厌别人直接来家里，要是我穿着睡衣呢，多不方便；这种人，直接跟他说就好，你还费神打张纸条。

楠说："我嘴笨啊，不知道该怎么开口。"

确实，平时我们一起小聚的时候，从来听不见她夸夸其谈。她总是倾听的那一个，听我们各自讲自己的故事，她只偶尔说一下她的看法。但是，她话不多，却并不冷淡。她做了螃蟹，会马上趁热，开车送几个给我；她卤了猪蹄，也要拣肥腻的给我留一个；她去中超，会记得我喜欢吃黄豆芽，帮我捎上几包。我神经大条，心里感激，但从来不知回报。她呢，从来不在乎，下次有什么好吃的，还是一如既往地想到我。

其实嘴笨的人，心最真诚。舍不得伤害别人，总是带着笑去原谅；顾不得心疼自己，总是含着泪去支撑。嘴笨的人，他们的感情，总是止于唇，藏于心。

与我相处，你不必舌绽莲花，因为我恰恰喜欢嘴笨一点儿的人。曾经有一个同事，入职培训的第一周里，她就认识了大部分新入职的人，并且有了他们的联系方式。大家也都喜欢她，觉得她热情周到、礼貌大方。等到就职大半年以后，我们其他人之间已经三三两两结成了深厚的友谊，可她呢，却与大家渐行渐远、形单影只了。

因为时间久了以后，大家都知道了，她的"友情"是靠说的。她会在别人的聚会上说："我买了房子，等我拿到钥匙了，一定请大家去我那儿聚一聚。"然后她乔迁很久了，也不会有下文。夏天的时候，她戴着一顶好看的太阳帽，大家问她在哪儿买的，她马上说："这个是我男朋友从韩国带回来的，等他下次去，我让他给你们带。"这个"下次"，是不会有的。

你可以不做，但请不要说了却不兑现，否则，一而再、再而三之后，谁还会相信你的诚意呢？

而另一位同事小林，却跟她正好相反。小林嘴笨，不会花言巧语。但是，我来月事难受的时候，她会灌个热水袋塞给我，心疼地让我去休息，她替我完成剩下的工作。一次我老家有事，需要临时买火车票回老家。那天下着大雨，小林让我回去收拾行李，她替我跟领导请完假，就穿上雨衣骑上电动车帮我去代售点窗口买票。等我坐上地铁去火车站的时候，她才穿着湿漉漉的衣服往家赶。一个人身在异乡，这温暖的一幕，很多年后，我依然印象清晰。

小林几年前刚刚来北京，与男朋友租住在一个小公寓里，宝宝才几个月。我每每想要为她做点儿什么，但她好像从来没有什么需要帮助的地方。

嘴笨的人不善交际，但总是一个热心肠。你有需要，他二话不说两肋插刀；他有困难，却总是默默独自承担。

我们常常觉得，那些不善言谈的人比较好欺负。像我家先生，很多时候，都是我吧啦吧啦说一堆，指责他的N宗罪，但他好像思维总是慢半拍，常常无言以对。以至于我更加得理不饶人，把错误板上钉钉，扣在了他的头上。可是，事情过去以后，某一天我会突然发现，当初做错的，其实是我自己。

前两天，我们收到一张超速行驶罚单，限速70迈的地方开了80迈，款额是150欧元。我迅速扫了下日期，是个周日。一般周日我们都是一起出行，他开车。我马上开启教训腔调："150欧元，够我们全家去吃一顿自助了。你说150欧元干什么不好，要用来交罚款。大周日的，有什么着急事儿，要开那么快。"我故意说得很心疼的样子，以示警戒。

他看了看我，想说什么，最终却什么也没说。

晚上我打开电脑交罚款的时候，仔细看了下超速的地址，是在打折村附近，我才想起来，应该是我约了闺密一起逛街的那天。那张罚单，其实是我的。我有些理亏地问他："你知道是我的，干吗不辩解？""你的我的，有什么区别吗？不都是要交的？再说了，看你这个钱精，150欧元让你心疼成那样，如果你知道是你自己犯的错，你更自责了。"他白了我一眼，淡淡地说。

先生的嘴笨，暗含着包容和体谅。冤枉了他，他却不解释。我心存内疚，只好默默地用双倍地对他好来弥补。你看，嘴笨的人，并不是好欺负，也并不傻，他们送出满园芬芳，也收获了整个春天。

你木讷、不善言辞，没关系，我就喜欢这样的你。我喜欢你默默做事的样子，喜欢你笨嘴笨舌却有善良的心地，喜欢你优秀却不张扬的性格，也喜欢你心里很爱却说不出的深情。

嘴笨的人习惯默默付出，在意别人的话，总是到嘴边又收了回去；嘴笨的人总是心很软，责怪别人的话，从来都是藏在心底，最后选择原谅。

如果你身边有嘴笨的人，请珍惜。他们的笨嘴笨舌，也许暗藏着看穿不说穿的智慧。相比较油嘴滑舌妙语连珠，嘴笨的人更能带给你安全感。他们不会甜言蜜语、海誓山盟，也不屑巴结逢迎、阿谀奉承。这样的人，多半会是靠谱的朋友或爱人。

你的素养，没赶上
你钱包鼓起来的速度

去年暑假去挪威旅行的时候，遇到一队中国的旅行团。他们的大巴到达宾馆，大约是晚上10点半，由于旅途劳顿，我们已经睡下了。就听见一群人嬉笑怒骂吵吵嚷嚷地往宾馆接待处去，行李箱轮子在石头铺就的路面咯噔咯噔地摩擦着。

先生吓得起床，想看看是什么情况，怎么这么大动静？对面楼上的房间窗户也探出好几个脑袋，惊奇地向外张望。

后来我迷迷糊糊地睡去，却被碰杯换盏声惊醒，掀起窗帘一角，原来是这个旅行团已经安顿下来，就住我们这栋楼的对面一层。大家极有雅兴地在小阳台上喝酒，男声女声，谈笑风生。

我羡慕他们精力充沛，也欣赏他们会享受生活，可我也惊讶于他们的"放松"：他们怎么就能这么旁若无人地自由自在呢？难道他们以为，这个宾馆一共四栋小楼，就只住了他们这一队游客？

第二天吃早饭，走到餐厅的转角，未见其人先闻其声，我知道大部队已经在里面了。

中国人热情，看到我是同胞，热情地跟我点头示意，还张罗着告诉我，拐角处有一张没被占用的小桌子。我心里暖暖的。

他们先我们离开，爽朗地笑着朝我说再见。服务员过来收拾刀叉碗盘的时候，我有些窘迫。因为他们的桌上，培根和烤肠丢得到处都是，有几个杯子里还剩着半杯果汁。服务员大概是已经习惯了中国团的行为，倒并没有表现出不耐烦的样子。

可是，等我去泡咖啡的时候，却听一个服务员正愤怒地跟一个老板模样的人抱怨。她说什么我听不懂，但她指着咖啡机旁边水槽里的茶叶，情绪激动。确实，一堆的茶叶残渣，咖啡机下面也有。是可忍孰不可忍。

那一队旅游团，中年人居多，估计都是坐惯了办公室喝惯了热茶的，随身都带了一个保温杯。从宾馆的餐厅离开前，泡上一杯好茶，沿途细品，这无可厚非，只是他们应该在宾馆的房间处理掉茶叶残渣，不应该随手倒在餐厅的水槽里。

老板模样的人看到我过来，赶紧跟我道歉，说这些茶叶残渣影响了卫生，他们清理后，会给我泡好咖啡，送过去的。

回到桌前坐下，我有些尴尬。能来北欧旅行的国人，至少也是中产阶级了。他们的经济水平在国内算是中上，就算跟欧洲的工薪阶层比也并不差，但是一些基本的素养却显得低了一些。

欧洲人讲到中国人，往往竖起大拇指：中国人真勤劳，他们可以一周七天不休息，可以一天工作十几个小时。但是，如果你跟他们深入交谈下去，他们会问：中国人讲话为什么要那么大声呢？明明是在静音车厢里，处处都有"Be quiet"的标志，可他们还是会旁若无人地聊天、打电话。

其实这个毛病，我也有。虽然两三个人的时候，我会假装非常文雅，但是，若是一群中国人聚会，大家都高声大嗓地交谈，嗨得不行的时候，我也会忘乎所以，加入他们中间去。我们大声说话，咔咔碰杯，似乎不这样聚会就不够尽兴。毕竟，多年的习惯，不是说改就能改得过来的。

后来有一次，我去荷兰一所小学办事。走廊里都是学生自己的画作，整体风格安静朴素。学生们三三两两，没有大声喧哗。学校里没有任何标语，只有在走廊的尽头一个玻璃框里，镶着一幅手写体的荷兰文横幅，翻译过来，大概意思是"声音越大，素质越差"。

那一刻，我的心震颤了一下，原来大声讲话也是素养缺失的表现。那之后，我才时时处处提醒自己，说话降低分贝。

在一家中餐馆吃饭的时候，认识了餐馆老板周女士。周女士讲粤语，也会点儿普通话，人很热情。她加了我微信，说有空联系。

春节的时候，周女士邀请我们一家去参加一个华人庆祝春节的活动，她是赞助商之一。正苦于春节没什么气氛，听她说有好多文艺节目，还有舞狮子，我们欣然前往。

活动场地前面，一排排停着各色好车，我的斯柯达停在中间，显得有点儿落寞。

文艺表演质量还算不错，我们坐的位置也不错，是赞助商的专有席位。可惜，期间经常有站到凳子上拍照的观众，还有任由小孩儿在里面嬉笑打闹的家长。

我不知道台上表演节目的演员们是什么心情。我这个观众经常会被打扰，从节目里分神，要去当心身边奔跑的熊孩子别被椅子绊了脚，要经常偏着头去看舞台，因为前面站起来的大妈挡住了我的视线。

最后的抽奖和拍卖活动，进行了大概有两个小时之久。我生活规律，一般晚上11点之后眼睛就睁不开了，可又不好意思中途离开。等到终于结束，已经是夜里12点半了。

我披上衣服，快步走在人群的前面，想趁人流涌出来之前顺利将车开走，节省时间。我拉开门，让手里提着奖品的先生先走一步，后面有人跟着出来，我就想着替他扶一下门，谁知道他并没有伸出手替下一位扶门，而是大摇大摆地扬长而去。我只好继续扶着门，没料想，接下来走出来的人，都跟他一样，径直走了。

我的外套还披在身上，拉链没拉，凛冽的风直接钻进肌肤里。我就像宾馆的门童，站了大约有3分钟，心里一万只草泥马奔腾而过。

终于，有一位年轻的男孩儿伸过手扶住了门，微微对我颔首。我感激地看了他一眼，赶紧逃也似的往车那边跑去。

看着一辆接一辆呼啸开走的新款捷豹、保时捷、劳斯莱斯、奥迪Q7，我轻轻摇了摇头。这些华人大部分是做各种生意的，他们的钱包鼓起来得很快，可是他们的素养却远远地落在了后面。

欧洲人眼里的中国人是积极的：热情、勤奋、富有。但是我们自己要客观地看到，部分先富起来的国人，他们的素养，并没有跟上他们钱包鼓起来的速度。认识到问题，努力去改变，再假以时日，我们中国游客才不会频频被抱怨素质差，我们中国人才有希望成为高素养的典范。

这样的聪明，
其实是一种愚蠢

（一）

在现实生活中，自以为是的聪明比比皆是。

在欧洲，买苹果手机等贵重物品，只要加上50欧元，就可以办理一个丢失保险。如果你的手机丢了，手机店会赔你一个一模一样的手机。

我认识一对中国小情侣，女孩儿买完苹果6，立马给了她的男朋友，然后去店里挂失。手机店没有要求提供任何证据，就给了她一个新的。女孩儿扬扬得意地向我炫耀，她用一个手机的钱，就可以跟男朋友用情侣款手机。末了她建议我也这样干。我心里是愤怒的：如果有好多中国人都这么干，店员会怎么看中国人？

后来在一次中文课上，我跟学生讨论起这件事情，我自然没说有中国人这么干过："如果大家买了手机，都送给家人或朋友，然后去店里说丢了，怎么办？手机店岂不赔本吗？"那些学中文的学生面面相觑："如果手机没丢，怎么会去要新的呢？"他们觉得这是不可能发生的事情。我后悔问了这个问题，好像我的思想特别龌龊似的。

当然，欧洲当地公民，也有耍小聪明、贪小便宜的人。这边的很多商品，半个月内可以凭小票退货。有一次我去阿迪达斯买东西，看到一个当地妇女，拿着一双穿过的男式鞋垫去退货。那鞋垫已经泛黄，看码数估计是她儿子的。店员看了看小票，退了全额15欧元给她，她毫不客气地接过钱，理直气壮地走了。

我看得有些呆了。鞋垫穿成这样，还好意思来退货？真是不可思议。

（二）

这种看起来聪明实则愚不可及的事，并不只是小市民的专利，有些有知识的文人，也会耍手段，为自己谋利。

前几天，有人在简书上找我，说要转载我的一篇文章到他的公众号，并加了我的微信。后来，他未经我的同意，擅自把我的文章放到他自己的头条号上并且标注了原创。朋友看到了，把链接丢给我，让我联络他删了头条号上的文，因为涉及了一点儿国家政策方面的内容，不好扩大影响。我这个人一向心软，觉得已经放了，就算了吧。我跟他说，这篇文章我自己不太满意，不想再继续传播下去，他说明白了。

一天后，他联系我，说让我把我自己的公众号发给他，他把我的文章推给一个大号，能涨很多粉。由于我的公众号是新开的，粉丝很少，就动心了。

第二天，我看到自己的文章在某大号上。可是作者名字下面，赫然立着的，是他自己的公众号。我找遍了文章的每一个角落，也没有我的公众号的影子。

这是赤裸裸的欺骗啊！以给我涨粉为借口，骗得我的同意，然后大言不惭地放上自己的公众号！也许他借助这篇文章，涨了几百一千粉，他觉得他很聪明，但这恰恰是他的愚蠢。因为这也意味着，我们之间从此没有信任，再无交往合作的可能性。

我自己，又何尝不是愚蠢！朋友早就提醒我，他未经授权把文章放到头条，已经造成侵权。而我，看在涨粉的这点儿蝇头小利上，就纵容了他的继续侵权。我以为我很聪明，实际却是被人利用。

生平最恨被人欺骗。以为写文的人，素质应该不错，没想到也有这种货色。通过这一件事，我看透了一个人。"人无信不立"，我直接拉黑了他。对于这种人，实在不值得浪费唇舌，何必把时间花在他身上呢？

（三）

"机关算尽太聪明，反误了卿卿性命。"王熙凤倾尽心力，希望能力挽狂澜，一边想振兴贾府，一边也想攒些家私。曹雪芹是这样写她的："心性又极深细，竟是个男人万不及一的。""少说着只怕有一万心眼子，再要赌口齿，十个会说的男人也说不过她呢！""天下人都叫你算计了去！""嘴甜心苦，两面三刀。""上头笑着，脚底下使绊子。""明是一盆火，暗是一把刀。"

王熙凤不可谓不聪明，但就是这样一个机关算尽的人物，到头来却落得孤家寡人、身心劳碌至死、最终又一无所得的下场。究其根源，是王熙凤并不是真的聪明。她只知进，不知退；只知耍小聪明，不知厚道待人；只知损人利己，不知深藏于密。甚至连自己的丈夫也数落她、背叛她，实在是活得失败。

这些人，他们自以为自己很聪明，却失去了做人的原则：忠厚诚信。他们得到的是微乎其微的金钱，丢失的，却是一个让人尊重的人格。

有些时候，你以为的聪明，恰恰是一种愚蠢。为人处世，公道自在人心。茫茫人海，相遇是缘。愿我们都少一些套路，多一些真诚。

这才是
活着该有的姿态

没有牺牲，不做努力，不经艰难困苦便不能在世上
生存。生活不是一个只生长鲜花的花园。

——冈察洛夫

（一）

昨天，麦子在朋友圈写了这么一段话："中午看到一个中年
妇女搀扶着一个老太太，突然好想家。我有多久没见到妈妈和
姥姥了！一个人远嫁，和他在大城市漂，漂到哪天才是个头儿
呢……"

麦子跟老公一起，在望京开了三家石材店，生意红火。我们
都喊她土豪，因为她发起红包来毫不含糊，一次200块就往群里
扔。

可是，麦子的生活就容易吗？店铺的房东变着花样想涨租：

存货堆在仓库里卖不出去；为了省钱她把三家店铺的信息印成广告，自己站在广场上一发就是一天。她也曾因被人骗了一车货而崩溃大哭，因为生意不好做而着急得口舌生疮。

辛苦倒不怕，只是，作为独生子女远离父母家人，她的心里始终有着亏欠。此时的触景生情，就是那么一两个小时的事儿，第二天一早，麦子又奔波在了车水马龙的东三环路上，满满的一身干劲儿。

在北上广深，有多少像麦子这样，背井离乡独自在大城市闯荡的年轻人。他们有些跟麦子一样，已经闯出一片天地，虽然仍旧辛苦，却有了属于自己的一个角落；有些却仍然合租着隔断间，有些甚至还在蚁居。

他们和麦子，都是百折不挠的一族。面对生活的不易，他们用拼搏和坚持，回答得铿锵有力。

（二）

"你的日子太精彩了。总看你旅行啊聚会啊，还没跟你聊会儿天，你又说要去健身了。真羡慕你啊，自由自在的。"闺密还在唠叨，我看了看表，快来不及了，赶紧发了个"回聊"，啪地关了电脑。

我胡乱拢了拢头发，将擦汗的毛巾和运动服一股脑儿塞进包里，跑着出了门。

坐在了方向盘前面，我苦笑：闺密看到的，都是我生活美好的一面。自从初中在校住宿以来，我就习惯了报喜不报忧。我没有告诉她：我经常忙到早饭都没时间吃；我投过多少简历都石沉大海，最终做着一个我不太喜欢的工作；熬夜写文章的时候，我担心着皮肤变差；买贵重一点儿的东西时，我也要在心里掂量几回。

没有谁的日子是那么容易的。

我沮丧的时候没有跟别人说，我忙得不可开交的时候没有发朋友圈，所以你不知道我的生活也有负面的时候，还以为我总是在开趴、总是在漫步、总是在旅行。事实上，我还没有富足到可以说走就走的程度。

我们的生活都差不多。你有你的忧伤，我有我的烦恼。

只不过，我会在阳光大好的下午，抽出半个小时，给自己冲上一杯浓香的咖啡，脚高高放在阳台的木桌子上，享受轻风吹过肌肤的感觉，看天高云淡，让大脑放空。

若晚霞染红天际，我会倒上两杯葡萄酒，窗台就成为临时的吧台，一边看落日的红晕，一边品尝酒的醇香。

我会每周抽出几个小时，至少三次去健身；周末会安排一次全家活动，去森林里走走，亲近一下大自然。一年里，我们会至少旅行两次，即使这会花光我们所有的积蓄。

因为生活虽不容易，还是要有该有的姿态，歇斯底里地去热爱它。

（三）

记得在北京教书的时候，有一年暑假校舍维修。那正是一年里最热的时段，太阳一升起来就是三十七八摄氏度。一群农民工在烈日里劳作，我想他们一定是苦不堪言怨声载道。

　　可是黄昏的时候路过工地，却见他们三五成群席地而坐，一人一瓶啤酒，对着瓶子吹。旁边放着的，是简单的萝卜煮肥肉，看起来白花花的，似乎连酱油都没有。他们呢，却在胡侃神吹，爽朗大笑。

　　那一刻，我想起奥斯卡·王尔德说的：我们都在阴沟里，但仍有人仰望星空。

　　我认识一群中国乡村中小学教师，拿着两三千块钱的工资，起得比鸡早，睡得比狗迟。学生成绩不好，是老师的责任；若是出点儿事故，还要开除公职。"拿着卖白菜的钱，操着卖白粉的心"。可是他们自得其乐，在小院里养几盆花，不求名贵，但求色彩鲜艳。周末的时候，骑上摩托，载上妻儿，沿山间公路盘旋而上，其间的乐趣，也并不比开着兰博基尼兜风要少多少。

　　为了生活，谁不是在负重前行？可整天沉湎于自己有多苦，并没有意义。尽自己能力去改善，然后勇敢面对。接受我们不能改变的，并最大化地去享受可以享受的，才是智慧的态度。

（四）

　　"生活是不容易，但仍要上了它。"诺娃的脸书签名上这样写着。诺娃是白俄罗斯人，她的职业是应召女郎。

　　那年夏天去阿姆斯特丹的红灯区"观光"，一排只穿丁字裤和胸衣的小姐在逼仄的玻璃窗里搔首弄姿。她们动作尺度大胆，笑得职业而魅惑，但是，在没有游客路过的时候，她们会在一秒钟内收起笑容，眼神漠然，带着冷意。

　　我心里一震，忽然对她们深深地同情：我们看不起那些"小姐"，鄙视她们靠出卖灵魂和肉体来挣钱，但我们真正了解她们背后的故事吗？20岁出头的她们，本应该走在大学校园里，吃着冰淇淋，跟年纪相当的男生撒娇，而她们，却过早地结束了纯真的年龄，要穿着暴露地对着路人谄笑。

那一秒里收起的笑容、那漠然的眼神，折射了她们的内心。她们对自己从事的行业或许是厌恶的，但是，由于种种原因，又不得不做下去。

后来在脸书上看到了诺娃。她毫不避讳她应召女郎的身份，在脸书上写她遇到的形形色色的男人。可她的签名，自始至终没有变过："生活是不容易，但仍要上了它。"

生活就像洋葱，你一层一层地剥开，总有一层会让你流泪。

——桑德伯格

你有你的苦，他有他的难。身家过亿的孙俪，也曾昼夜背台词，累到趴在桌子上睡着；李嘉诚17岁做批发推销员，人家做8个小时，他做16个小时。

人生就像是爬坡，哪能毫不费力。所以，不容易是生活的常态，我们要做的，就是去征服人生路上的一个个险阻，在征服的同时，贯彻罗曼·罗兰的思想：理解生活，还要热爱生活。

出身不好，
还有一条路可以通往高贵

莎士比亚说："三代培养不出一个贵族。"前不久在天涯论坛上读到一篇长文《寒门再难出贵子》。不得不承认，出身，在很大程度上限制了我们的发展，这是不争的事实。

不过，即使家世不好，我们一样可以高贵。对于出身寒门的年轻人来说，有一条路，是通往高贵最低的门槛。这条路，无论贫富贵贱，公平地摆在你面前，那就是：读书。多读书，自然胸中有丘壑，可以开阔眼界，沉淀思想，提升涵养和气质，让灵魂充满香气。

我这里说的读书，不是上大学，而是阅读。上大学的好处，在于你走出了小地方，拓宽了视野；遇到一群正当好年纪的人，与他们交流理想与未来。而阅读的好处，却是从里往外改变你的心性和气质。

（一）

曾国藩说："人之气质，由于天生，本难改变，惟读书则可以变其气质。"

三毛也说："读书多了，容颜自然改变，许多时候，自己可能以为许多看过的书籍都成过眼烟云，不复记忆，其实它们仍是潜在气质里、在谈吐上、在胸襟的无涯，当然也可能显露在生活和文字中。"

我曾在洛杉矶遇到过一位华裔老太太。她看起来60多岁的样子，水蓝色的线衫配一条白色过膝裙。她的气质，让你觉得一眼能看到她纯净的内心。即使是在影视剧里，也很少见到这么优雅的老太太。

我忍不住去看她，因为她是那样的美好。她的穿着打扮、她的神情面容，让我不由自主地被吸引。第一次，我主动跟人寒暄套近乎。

一杯咖啡的工夫，我了解到，她是剧作家。她说，活到现在，她的工作是读书写文，她的兴趣也是读书写文。她语调平缓，字字珠玑。我问她是不是大户人家出身，比如民国才女的后裔啊，或是国民党旧部的子女之类。她笑了："我出生在辽宁一个贫困的村子里。"

这位老太太，言行举止和气质不输给任何一个贵族。她的美好，是来自内里的淡泊宁静，来自身体和精神的双重保养。

（二）

讲到高贵，我第一个想到的是傅雷。

"1966年9月3日凌晨，由于不堪侮辱，傅雷夫妇于上海江苏路的家中双双自缢。为了防止自缢之后自己的尸身将上吊的凳子踢倒而吵醒深睡的邻居，这对决心自尽的夫妇事先在地上铺了一床棉被。"

读到这个细节时带给我的震撼，让我的心绪久久不能平息。

什么是高贵？高贵不是住得起别墅、开得起保时捷，不是坐得起飞机的头等舱，也不是出门前呼后拥镁光灯齐齐聚焦。高贵，是即使身处险难，依旧替别人着想；高贵，是不苟且，不出卖自己的灵魂。

傅雷出身普通，但他是高贵的。遗书上，他还不忘请求妻兄替他们交房租53元人民币，并把他们仅有的600元存款给保姆周菊娣。在赴死之际，还会想着在凳子下铺一床棉被，怕影响邻居。在傅雷这里，高贵，是一床棉被的厚度！他的高贵，源于他的学富五车。

（三）

清代学者金缨《格言联璧·学问》有言："古今来许多世家，无非积德；天地间第一人品，还是读书。读书即未成名，究竟人高品雅，修德不期获报，自然梦稳心安，为善最乐。读书便佳。"

"读书便佳"，简简单单的四个字，给我们指出一条明道。抱怨出身没有用，有怨天尤人的时间，还不如拿来读书。

苏轼被贬黄州时，仍能写出"竹杖芒鞋轻胜马，谁怕？一蓑烟雨任平生"这样的诗句来，得益于他的满腹经纶，因为饱读诗书的东坡先生，本就以"达则兼济天下，穷则独善其身"为信条。陶渊明隐居后的"采菊东篱下，悠然见南山"，又何尝不是一种达观的人生态度。

不读书，不是差在赚钱的能力上，而是差在境界上。有学识的人，能够把苦日子过得精致；不读书的人，却以为有钱才可以活得精彩。

我有个小学同学，初中毕业就去工厂上班，去年，在我辞职的前后，她也离开了工厂，决定安心在家相夫教子。

我给她打电话的时候，她嚷嚷着郁闷。她问我："你在家都干吗啊？我无聊死了，你不觉得在家无所事事吗？"我说我忙得很啊，哪有时间无聊，即使不上班，也觉得每天有做不完的事。她特别好奇："你都干什么啊？"我说我读读唐诗宋词，写写文章，总觉得时间不够用。她恍然大悟："我看到你朋友圈发的那些文章了。你写一篇文章，能赚多少钱啊？"

当她知道我一分钱不赚的时候，十分不理解："不赚钱你还写什么写啊？"我忽然觉得跟她聊不下去了。对她来说，钱是衡量一切的杠杆。可在她眼里毫无意义的事，在我这儿却是一种幸福：能有自己的时间，做自己喜欢的事情，夫复何求？

（四）

南怀瑾先生说，一个人为什么要读书？传统中最正确的答案，便是"读书明理"四个字。

读书多了，就可以多角度看待事物。宽以待人，不钻牛角尖，也不跟自己过不去。

在这边的一个台湾姐姐，每次聚会她都打扮得美美的。她的车里总是放着一本书，坐在车里等人的时候、约会去得太早的时候，她就翻几页。

她坚持一周两次跳舞，一周一次给几个孩子义务教中文。我一直以为她是有闲有钱一族，后来大家熟了，我们才知道，她的先生脾气相当古怪，她在婚姻里完全不幸福。她的母亲有严重的风湿性关节炎，生活不能自理。她给在台湾的母亲请了个菲佣，每个月薪资一半要付给母亲那边。

我们夸她心态好，面对感情的不顺和经济的负担，还能如此积极乐观。她坦然一笑："有什么办法？我以泪洗面也于事无补，倒不如想开一些，开开心心地过好每一天。身体是我自己的，跳舞锻炼是对自己负责，何况舞蹈是我的爱好。教中文，是让我心灵有个寄托，能让我找到自己的价值。"

读书这件事，就像时间一样公平。再富有的人也要变老变丑，再贫穷的人也可以阅读。当你腹有诗书、胸有成竹，你就不会去羡慕别人的生活，你会懂得"你站在桥上看风景，看风景的人在楼上看你"的深层寓意；当你饱览群书、看尽人间百态的时候，你会明白，生活有很多种方式、很多种可能。不管境遇如何，都能泰然处之。

多读书吧。愿你看到落日下的美景，想到的是"落霞与孤鹜齐飞，秋水共长天一色"，而不是"哎呀，妈呀，太美了"。愿你看到长城，想到的不是"长城真××长啊"，而是"雄关万里、固若金汤"这些词。

电影里欧洲的贵族，壁炉前一张镶金的椅子，手握一本书，一坐就是一下午。让我们也来做精神的贵族吧：一张木桌，一杯茶，一本书。如此简单，却那么惬意。

你没活出名堂，
因为你什么都看不上

同学蕾蕾毕业以后，在一家出版社工作了不到两年，就辞职赋闲在家。

"当编辑，听起来很牛逼的样子，实际上，我们就是看稿的机器。讲起来朝九晚五，可是忙的时候，晚上躺到床上了还要工作。我不想干了。"蕾蕾说。

我劝她先坚持一段，不要莽撞辞职，毕竟就业形势不容乐观。何况蕾蕾所在的出版公司，工作环境好，同事也都不错。

可是晚了，蕾蕾已经递交了辞呈，启动了她自由的全职主妇模式。

几个月以后，蕾蕾觉得无聊了。她开始投简历找工作，但一直找不到中意的。

有人介绍她去某大学附中给来华留学生教汉语，她想了想说："还是算了吧。中学正是不容易管教的年龄，而且课时费还没有我上学时候兼职挣得多呢。"

我想到我的一个朋友，经营了一个卖英文儿童书的微店，做得相当好。她建了群，在群里带着宝妈们读英语。我觉得这个思路不错，这不是简单的微商，是需要一定的知识能力才能做的。刚好蕾蕾的英语程度不错，我就推荐蕾蕾试试。

"我才不要做微商呢。"蕾蕾嘟着嘴，"微商就是变相的传销，天天刷朋友圈，让人讨厌。何况，微商能赚多少钱。"

这种微商，没有入门的费用，怎么能跟传销扯上关系呢？我这个朋友很少在朋友圈发广告，偶尔发，我也并不觉得烦，因为她是在传播一种亲子阅读的理念。培养孩子阅读的习惯并在亲子阅读中建立亲密的母子关系，这是多好的主意！

蕾蕾嫌做微商赚钱太少，可我那个朋友，刚做一年，现在收入已经超过了薪资，直接辞了工作，专心带娃和做微商了。

后来的后来，蕾蕾在同学群里求介绍工作。我们的同学遍布五湖四海，有些已经资历颇深，倒是有很多机会。

"我所在的柳×律师事务所正在招文员，你要不来试试？"一个同学建议说。

问了薪资待遇后，蕾蕾说："我还是不去了。咱俩是一届的同学，你挣得差不多比我多了一倍，多没面子。"

那个同学愕然："可是我已经在这儿干了好几年啊。我一开始的薪资，还没有你现在的高呢。有了经验，工资都是慢慢涨上去的。"可蕾蕾还是犹豫着不肯去。

一个在互联网界工作的男同学，给她推荐到公司开发部做翻译。开发部正在研究新项目，人手不够，想要招一个一年期的翻译。"一年以后能不能留下来我不敢保证，不过我们公司女员工很多，经常有请产假的。估计你继续工作下去应该没问题。"男同学说。

"啊，临时的啊。我不想去一个地方干个一年，好不容易适应了新环境，又要打包走人了。"蕾蕾说。

再后来，讲到蕾蕾，没人愿意再给她介绍工作了："她什么都看不上，懒得管她了。"

工作，哪有钱多事少离家近的？有的话，别人自己就上赶着去了呢，还轮得到介绍给你？做事，哪有轻轻松松就能大把赚钱的？谁不是先苦后甜、积少成多，一边摸索、一边前进，最后成功的？

《荀子·劝学》里有言：不积跬步，无以至千里；不积小流，无以成江海。金钱需要积累，经验、人脉同样需要积累。迈出一步，闯一闯、试一试，或许就能找到合适的方向。

多少一事无成的人，都是毁在"看不上"上。

老家有个亲戚，夫妻俩以前在物资局工作，上世纪90年代末，从单位双双下岗。单位买断，夫妻俩分了十几万块钱。男的天天搓着小麻将，抽着廉价的烟喝着小酒混日子。

他姐姐说，让他把这十几万拿出来，不够的她给添上，买辆中型客车，让他跑跑运输。他嘴一撇："跑车哪是人过的日子！月月三十天，没得休息。"姐姐说，那你们夫妻俩开个小饭店吧，快四十了，工作实在是不好找。男的头摇得像拨浪鼓："现在饭店遍地开花，没有个背景、不认识大单位的领导，根本做不下去。我要做，就做个稳赚的生意。"

后来他姐给他找了个在大客车上卖票的活儿，可他干了两个月就撂挑子不干了："一个月才不到两千，还没我打麻将赢得多呢。"

小钱看不上，大钱赚不到，十几年过去了，男人一直待在家里，抽烟喝酒打麻将，倒是他的老婆，看着他坐吃山空，自己出去找了个地方打工去了。算一算，男人今年该有54岁了。这个有"雄心大志"的人，最终没活出名堂来，仍然抽着廉价的烟、喝着便宜的酒。

工作和生活，我们不能眼高手低。你看不上的，也许正是个好机会。不去试一试，怎么知道呢？

朗费罗说，有所尝试，就等于有所作为。

我深以为然。我曾经的室友，发过传单、校对过文字、做过家教、推销过书……各种可能的工作做遍，最终找到了她的兴趣点，毕业去了一家大型教育机构，从最基本的电话咨询，做到了现在的市场部CEO。

我一个喜欢写文的昔日同事，主业是教师，假期里去当英语导游，偶尔还在古董市场卖画儿，典型的斜杠青年。他说，赚够了钱，后半生就可以衣食无忧安心写字了。

去年11月中旬，我注册了简书，写了第一篇文章。有人跟我说，简书红利期已过，现在作者太多，很难脱颖而出。可我觉得，开始总比畏缩不前好，我始终相信有付出就有回报。2012年，淘宝也已经过了红利期，但我认识一个女孩儿，2012年才开的淘宝小店，照样赚得盆满钵满。什么叫晚？亡羊补牢都不晚！

爱默生说：人的一生就是进行尝试，尝试得越多，生活就越美好。你什么都看不上，什么都不去试，怎么能活出名堂？去尝试各种可能，说不定就成功了。即使不成功，也丰富了你的人生阅历。

第五辑

我偶然

到了时光的尽处，

看见我们

果然相伴正白头

这世间，
只有一种感同身受

同学群里，某人说"着急死了，公司外欠的债款收不回来，都影响公司运作了"。大家七嘴八舌："你还缺钱啊。""迟早会还你的，有人欠挺好啊，我是欠别人的。""我们组个团去帮你要，你管吃管住哦。"

嘻嘻哈哈一阵议论，大家又转移到别的话题了。其实，没人真正在意他的钱要回来要不回来，在这个群里，只有他自己在意。

有人在朋友圈说，最近又忙工作又更文，累病了。下面的留言是："辛苦了，抱抱。""多喝水。""保重身体最要紧啊。"

其实大家对她的关心，也就在留言的那几秒钟内，包括我自己也是。留完言，大家又开始该干吗干吗，再没有一秒钟的时间想到她。

不恐高的人，不明白恐高的为什么会膝盖发软、面色苍白、呼吸紧促。那个时候，恐惧就像一张大网紧紧地攫住你，感觉自己是在百米高空走钢丝，心跳骤减行动变慢几乎不能正常思考。

不晕车的人，永远也不知道晕车晕船是一种怎样的体验，那种大汗淋漓、内心翻江倒海甚至头痛欲裂的痛楚，谁能体会得到？早上出门还是活蹦乱跳的一个人，坐个车就死去活来，简直难以想象。

健康的，不能体会患病者的痛苦；行业不同，永远不能真正了解另一个行业的艰辛；有钱人，不会理解穷人为什么要那么锱铢必较。

感同身受这件事，只有一种可能，那就是最亲的人之间最常见的，是父母对子女。

《芈月传》里，芈月的母亲向氏，得知王后想要加害她的两个孩子，心痛之余，她用自尽的方式舍弃了自己的性命，以保孩子周全。

每一对父母，生活里基本都出现过这样的场景。

睡到半夜，孩子推开门，奶声奶气地跟你们说，她的卧室有蚊子。父母的反应一定是一骨碌爬起来，一边检查她被叮到没有，温柔地给她抹上药水，一边安慰她别担心，有爸爸妈妈在，你安心地闭上眼睛睡吧。安顿好孩子，你们开始手忙脚乱地打蚊子，不消灭净了，坚决不肯罢休。

孩子生病了，父母总是又着急又心疼，恨不得病是生在自己身上。你们第一时间带他看医生，打针的时候，仿佛医生的针头扎在了你们的心脏上。病好了以后，急着给孩子补充营养，买新玩具以便在精神上安慰他。而你们自己生病的时候，却总是一拖再拖。

闺密跟我说，她原来最看不上的就是那些追在娃娃屁股后面给娃喂饭的妈妈了，她总是想，真傻，饿一顿或打一顿就能解决的问题，干吗搞得这么费劲。喂一顿饭，伤了一天的精气神。她想：等我以后有了娃，一定不会这样迷失自己。

后来，她也有了娃了。未能免俗，她也成了追着娃喂饭的、自己曾经鄙视的那群人。"没办法，想到娃没吃饱，会饿，就心疼。别说让她饿一顿了，就是少吃了一勺饭，我都揪心啦。"

不仅仅是吃饭问题，她其实彻底沦落成了娃奴。"她在幼儿园，我担心她冻着热着。她只要放学的时候有点儿闷闷不乐，我就害怕是她受到了老师的打击或是其他小朋友的排挤。我知道不对，可是，她不开心，我就开心不起来。"

我们对孩子是这样，我们的父母对我们，又何尝不是一样！

一次我喝多了酒，半个脑袋尖锐地痛。我晕晕乎乎睡过去，又疼醒过来。如此反复几次。等我终于沉沉睡去，再醒来的时候，发现我妈一直在给我揉着那疼痛的半个脑袋。她看我醒过来，急急地问我好点儿没有，见我点头，她才欣慰地停下来。

之前我在感情中遇到不顺，我妈曾成夜成夜地睡不着。她说："我知道自己女儿的性格，眼里揉不得沙子。想着她现在的失望心情，我怎么能不难过。"我妈明知道我一向是自己做主，大事小事，她劝也没用。她不说什么，却急我之所急、想我之所想。

真正感同身受的，只能是自己最亲的人。除了父母，少数亲密的爱人之间和闺密之间也有可能。除此以外，绝大多数情况下，别人非但不在意你的窘境，甚至还可能有落井下石、心中窃喜的也未可知。

因而，我们有什么烦心事，找朋友唠叨几句，喝个酒解个闷儿是可以的，但千万别指望别人能真的帮上你。有人给你支招，我们充满感激，没人买账，也不要失望，现在的生活节奏都快，大家都忙。

对于独自在外打拼的我们，也要学会报喜不报忧，不给父母添堵。色诺芬说：我们有谁看到从别人处所受的恩惠有比子女从父母处所受的恩惠更多呢？知恩图报，而相对于金钱物质上的回报，父母更在意的，是我们能不能照顾好自己，是我们过得好不好。

父母年纪大了，有些事跟他们说了，只是给他们徒增些心理负担，让他们替我们干着急，却帮不上忙，这对健康非常不利。与其这样，倒不如适当隐瞒。

学会独立解决问题，是成长的第一步。你的困惑或伤痛，除了父母，只有有同样困惑或伤痛的人才能真正理解。省下抱怨和诉苦的时间，走在踏实寻求出口的路上，才是正确的方向。

你都记得哪些
属于你的美好瞬间?

只是那一刻　迷人的笑将我吸引

只是那一刻　迷人的眼睛

我已来不及　将它抹去

我已来不及　再仔细地看看你

——《那一刻》

下载英文版的微信,发现"朋友圈"英文叫moments,不由得感慨这个词用得真是准确。"瞬间,时刻",我们的人生,不正是由许多个瞬间串联起来的吗?

这个词,让我想起很久以前读过的一个英文小故事。

一个人死了。当他意识到自己死了的时候,他看见上帝朝他走过来,手里拎着一个箱子。下面是上帝和这个死去的男人的对话——

上帝：孩子，是时候离开了。

男人：这么快？我还有许多计划没来得及完成呢……

上帝：抱歉，但时间到了。

男人：你箱子里装的是什么？

上帝：属于你的东西。

男人：属于我的东西？你的意思是……我的衣服……
钱……

上帝：那些东西从来都不属于你，它们属于尘世。

男人：那箱子里是我的记忆？

上帝：不。记忆属于时间。

男人：难道是我的才华？

上帝：才华属于社会。

男人：是我的朋友和家人？

上帝：也不是。朋友和家人，在你走过的路上。

男人：是我的妻子儿女？

上帝：不是，他们在你心里。

男人：那一定是我的躯体了。

上帝：不不……你的躯体属于尘土。

男人：那就是我的灵魂了。

上帝：你完全错了。你的灵魂属于我。

男人痛哭流涕，夺过上帝手里的箱子，打开。

箱子是空的！什么也没有！

男人心碎了，泪水顺着脸颊流下来。他问上帝：我从来没拥
有过任何东西？

上帝：是的。你从来没有拥有过任何东西。

男人又问：那么，什么是我的？

上帝：那些瞬间。你活过的每一个瞬间。

故事很短，却让人唏嘘、让人深思。属于我们的，有且仅有那些瞬间……

我们往往只顾向前，总想着："等我攒足钱买了一套大房子以后""等我有时间了""待我事业有成的时候"……你低头拼搏，忘记了生命中最重要的事。于是，你忘记了父母的生日，错过了好友的婚礼，没有听到孩子叫第一声"爸爸"。你不知道宝宝是怎样学会走路的，没见到他长出牙齿时总是淌着口水的样子。你安慰自己：我是在为这个家奔忙。

是的，没有谁可以责怪你，在这个无物质不生活的现实世界里，你必须快马加鞭扬蹄奋进。但是，相信我，等我们垂垂老矣行将就木的时候，我们记得的，不是我们银行卡上的数字，不是我们的房子有多少平方米，只是生命中那些印象深刻的瞬间。比如第一次见面另一半娇羞的样子，比如产房里传出的第一声啼哭，比如孩子豁着牙齿对你笑的情景。

回忆起我的童年，我的脑海里总会蹦出这样一些画面：夏日里，我和邻居女孩儿跳房子；午后，我和她窝在池塘上的小木屋里吃菱角；上学放学的路边，有大片的覆盆子，几个小女孩儿散落在野地里，熟练地挑拣熟透的果实。

我记得，夏天的夜晚，一家人躺在院子里的竹席上纳凉，看萤火虫飞来飞去。为了哄奶奶给我讲故事，我整晚地给她打着蒲扇。我记得爷爷的烟袋锅在夜里忽明忽灭，跟萤火虫相呼应，也像那天上眨着眼睛的星星。

当然，还有很多类似的镜头，偶尔回放。这些瞬间，给我一个肯定的答案：我的童年是快乐的、明媚的、健康的。

总有人问起我跟达西先生是怎么认识的。很多年了，回忆起来，有些瞬间依然清晰。

达西先生去北京学中文，我是他的老师。第一天上课我迟到，他真诚地替我开脱，说北京的交通，迟到可以理解。

他们上课的第一个下午，由我负责带他去798。我们一直聊，出来以后，我问他："798里，你印象最深的是什么？"他脸红了："我好像只顾聊天了。"

后来的一次，我领他们去王府井外文书店。店门口竖着一个学习机的广告牌，写着："Take your Chinese teacher home。"（把你的中文老师带回家）他指着广告牌，十分淘气地问我："May I take you home？"（我可以把你带回家吗？）

我们经历过的一个个瞬间，是我们最珍贵的财富，让我们成为现在这个独一无二的自己。我们还年轻，还需要努力，但千万别忘了，生命的旅程，本应该是享受每一个瞬间。我们本应该看花开花落、看潮涨潮落，一路欣赏着美景，做着给自己带来乐趣的事，走到生命的终点。

每一个人，从出生开始，就在走向死亡的路上。这一路，为了能够生存，为了能够走得更远，我们得工作、得奋斗。但我们工作、奋斗，本是为了活着；可工作着、奋斗着，我们就忘了初衷，好像我们活着就是为了工作和奋斗。忙忙碌碌、蝇营狗苟中，人们忘了活着的意义。如今的中国，有多少人被物质所困，生活被工作填满，夜晚被加班侵占。房子车子，成了人生的终极目标；用金钱和权力来衡量的所谓的成功，束缚了人们的思想和手脚。

试想一下：你有多久没有去看日出日落？你有多久没有去郊区走一走，去享受大自然的馈赠？你是不是已经没有了细听雨打芭蕉、鸟雀蝉鸣的闲情逸致？

卓别林在《当我开始爱自己》一文中写道："当我开始真正爱自己，我不再牺牲自己的自由时间，不再去勾画什么宏伟的明天，我只做有趣和快乐的事，做自己热爱、让心欢喜的事，用我的方式，以我的旋律。"

> 活着是珍贵的，大多数人只是存在，仅此而已。
>
> ——奥斯卡·王尔德

我们不能只是在这个世界存在过！我们要用记忆中一个个美好的瞬间来证明我们活过！活着，是享受生活的过程，而不是只是存在，一路奔跑，就为了到达终点。

我拿起手机，翻看近一年来我分享给家人和朋友的那些瞬间。有自己做的菜，自己写得稚嫩的文字，有旅行的美景，有和朋友聚会的照片，也有徒步时拍的山野湖泊。每一张照片都是那一时刻的记录，满满的都是回忆。

一天很短，短得来不及拥抱清晨就已经手握黄昏；一年很短，短得来不及细品初春的殷红浅绿，就要打点素裹秋霜；一生很短，短得来不及享用美好年华就已经身处迟暮。每一天，我们都距离死亡更近一点儿，属于我们的，只有那些时刻和瞬间。好好珍惜，愿我们不辜负生命里的每一分钟。

自卑+努力，让你不断升值

大学同学聚会，互动环节里，每个人有一张写着名字的心形卡片，出席的同学，把自己对TA的最深印象用一个词概括出来。

36个同学到会，除了我自己，35个评价里，我收到29个"自信"。

我坦白告诉他们：其实，你们都不了解我。在我看似自信的外表下，我一直深深地自卑着。

（一）

我的动作技能极差，从小跳健美操就经常顺胳膊顺腿。大学时候体育课学太极拳，即使太极动作超慢，我也总是忘记动作之间该怎样衔接。我恨自己，在心里骂自己蠢。

晚上的时候，我拉着同学甜甜，让她教我。我们在月光下一招一式地认真练习，坚持了一个多月。最后考试的时候，我与班上一个男同学并列年级第一，96分。

高级英语课上，老师提问，我回答了3遍，她仍然没有听懂。我的英语口语，由于中国区域性教学资源的不平等，差到什么程度，可见一斑了。那一刻，我真的希望地上有条缝能让我钻进去，并且永远不要出来。

我发誓要恶补。于是我每天坚持听BBC英语频道。来去教室的路上，中午、晚上、临睡觉前，多少次早上醒来的时候，耳机里的英语还在播放着。

考研初试通过以后，朋友告诉我，我报考的北京那所学校是专门的语言学校，对英语要求极高。因为害怕通不过复试中的英语面试环节，我拉上一个好朋友，辗转在附近几所大学的英语角里。

付出总有回报。认识达西先生的时候，他说跟我交流完全没有困难，因为我的英语里，没有常见的中国味的口音。虽然难免有"吾妻之美我者，私我也"之嫌，但起码说明我的口语前进了不止一小步。

我一直在用努力掩饰着我的自卑，因而我的同学们误以为我一直是个十分自信的人。他们看到的，是我顺利通过专业八级考试，高分考过日语拿到学士学位，然后又考上理想大学的公费研究生。可在这一切的背后，我的自卑和努力，像夜幕下的小山丘，几乎没有人注意到它的存在。

（二）

自卑并不可怕，只要你愿意用努力的汗水去浇灌它，自卑也可以开出绚烂的花来。

　　小说家琼瑶，她说自己小时候一点儿也不好看，弟弟妹妹都比自己好看。琼瑶上学时对理科一窍不通，考不上大学，母亲却一再逼她复读。她曾经两次试图自杀，都被家人从鬼门关给拉了回来。琼瑶说，她一直很自卑。后来，她决定用写作来表达自己。经过不懈的努力，终于功成名就。

　　解放黑奴的美国总统林肯，不仅是私生子，出身微贱，且面貌丑陋，言谈举止缺乏风度。他对自己的这些缺陷十分敏感，为了补偿这些缺陷，他力求从教育方面来汲取力量，拼命自修以克服早期的知识贫乏和孤陋寡闻。他在烛光、灯光、水光前读书，尽管眼眶越陷越深，但知识的营养却对自身的缺陷给予全面补偿。他最终摆脱了自卑，并成为有杰出贡献的美国总统。

　　在林肯的心中，希望和自卑并存。他没有让自卑占据主导，而是用辛勤的努力去实现自己的理想。最终于1860年当选为美国总统。

（三）

　　自卑当然不是好事，自卑是成长过程中的一种不良情绪。但是，接受自己、认识到每个人都是有长处和短处的，从而努力去弥补自己的短处，这一点至关重要。

　　很多成功人士都有过自卑的经历。鲁明在《那些自卑过的名人》里，这样介绍。

　　中央电视台著名节目主持人白岩松，年轻时曾非常自卑。他从一个北方小镇考进了北京的大学，上学的第一天，他邻桌的女同学第一句话就问他："你从哪里来？"而这个问题正是他最忌讳的，因为在他的逻辑里，出生于小城，就意味着没见过世面。就因为女同学的这个问题，使他一个学期都不敢和这个女同学说话！很长一段时间，自卑的阴影一直占据着他的心灵。每次照相，他都要下意识地戴上一副大墨镜，以掩饰自己的自卑心理。

同样是中央电视台著名节目主持人的张越，当年也曾为自己的肥胖而自卑过。20多年前，她在北京上大学的时候，几乎每天都在自卑中度过。她疑心同学会在暗地里嘲笑她的肥胖样子太难看，因此不敢穿裙子，不敢上体育课。大学毕业时，她差点儿领不到毕业证，不是因为功课，而是因为她不敢参加体育长跑测试！老师说："只要你跑了，不管多慢，都算你及格。"可她就是不跑。因为恐惧，恐惧被同学看到她跑步时笨拙的样子。自卑的她，不仅不敢跑，连跟老师解释的勇气都没有。

著名歌星王菲说，她也曾自卑过很多年。因为她觉得自己不聪明。18岁时勉强考上福建一个很不出名的大学，还没有去上，到现在也没有一个正经学历；她觉得自己没有毅力，减肥通常不超过一周就要打退堂鼓；明知抽烟不好，却总也戒不掉；她觉得自己不擅长交际，尤其不会讲话，所以一见记者就着急，不善于和媒体沟通，老给人家一个耍大牌的感觉。

即便是雄才大略、"指点江山，激扬文字"的一代伟人毛泽东，早年在北京大学图书馆当"临时工"的时候，也是相当自卑的。快到而立之年了，却一事无成，工资也只有区区的8元，而比他大不了几岁的李大钊、胡适都是每月400元大洋。他还因为说一口乡音很重、别人很难听懂的湖南话，想和蔡元培、傅斯年、罗家伦等北大名流交往，却被人家婉言拒绝。

他们最终获得成功，因为他们没有自暴自弃，而是超越了自卑，战胜了自卑；运用自卑产生的动力，促使自己比别人更努力、付出更多。

　　自卑并不可怕，可怕的是永远沉溺其中，不能自拔。金无足赤人无完人，一个人不可能十全十美。接受自己，正确认识自己的长处和短处，用努力来弥补自己的不足。自卑+努力，就是你不断增值的过程，你会变得越来越强大。

做个优雅的女人

（一）

不管是邓文迪与老默多克相亲相爱的时候，还是他们反目成仇硝烟四起上演离婚大战的时候，甚至是后来邓文迪携帅气小男友露面的时候，我都觉得，邓文迪的脸上透着一股对生活的戾气。

她很有钱，分手费就是我一辈子也挣不到的天文数字，但是，我一点儿也不羡慕她，我只佩服把生活过得活色生香的女人。

有本书里说："现在的你，是你过去生活的堆积。"20岁以前，你拥有的是自然生长的容颜；30岁的时候，生活的经历使你的容颜有了个人的印记；50岁的时候，你的生命全部都写在你的脸上。

邓文迪今年已近五十，可是她的脸上少了这个年纪应有的从容淡定，即使浓妆艳抹，也难以掩盖她急欲进攻的心态。从她的外表可以看出，她的内心从来没有平静过。她有钱，但她并没有过上精致的生活。因而，她距优雅，还有一段距离。

讲到优雅，相信我们不由自主想到的，就是奥黛丽·赫本。

赫本的优雅，来自于她灵动的活力。有人说，她有一个一流的摄影师。但是，摄影师可以指导你摆姿势，可以有创造性地抓拍，但那种骨子里的自信与对生活的热爱，却是谁也没办法帮忙演示的，除了她自己。

美若天仙的赫本，并没有因为容貌姣好而孤芳自赏。她的优雅，来自于她对生活的认真和热爱，以及她善良的品行。赫本一生致力于慈善事业，直至最后老去，不改初衷。

赫本的优雅，还来自于她独特的审美。生活在以"丰满"为美的时代，赫本并没有大胸，没有前凸后翘的玲珑曲线，但她用端庄的气质、出众的审美，创造了属于自己的时代，让人们对美有了新的体会：不必刻意迎合男人，最真实的你，就是最伟大的艺术品。

赫本的美，是那种抓魂摄魄的美。她一出现，所有人的眼睛里就只有她，再也看不见其他任何人。优雅，高贵，经典，她成为一个时代的符号。即使在她老去的时候，她仍然是美到极致的。她用永远的端庄精致告诉我们：美丽与优雅来自外貌与内心的同步修炼。

邓文迪的生活富有，她也穿奢侈品牌拿限量版手袋，但我从她身上看不到优雅。她的眼睛里少了灵动，却多了世俗。

一个女人，如果缺少爱和安全感，如果总汲汲于名利、工于心计忙于算计，那她经济上再富有，她的生活也精致不了。

（二）

我们身边不乏举止得体优雅的女人，她们一举手、一投足都充满美好。长城不是一天就垒起来的，想要举止优雅，我们就要在生活中注意许多细节。

首先需要一颗爱心和一个平和的心态。对生活不能用心去感悟的人、物质欲望太强的人，很难优雅。三毛说："上天不给我的，无论我十指怎样紧扣，仍然走漏；给我的，无论过去我怎么失手，都会拥有。"以平常心，得到自己该得的；不属于自己的，不去强求。心态平和了，又热爱生活，才有了优雅的基础。

语言是我们灵魂的镜子。随时随地注意用语文明。不论是对餐馆的服务员还是对宾馆的门房，对领导还是对下属，都应该礼貌客气。可以谦恭，但切勿讨好。

穿适合自己风格的衣服。不需要件件名牌有来头，但也不能总是跟着潮流的风向，买淘宝的爆款。适合自己的才是最好的。有自己的风格，是一种品位。

保持良好的坐姿和站姿。收起小腹，抬肩挺胸。尤其是在正式场合，穿着比较正式的时候，不仅要注意站姿和坐姿，喝红酒的姿势也要优雅得体。

真诚自信。真诚是为人际交往搭建健康的平台，自信是你的风度。畏畏缩缩的人，怎么可能优雅。但自信，不是让你不懂装懂，对不了解的事物开诚布公地承认自己在这方面知识的缺失，并表示有兴趣了解相关知识，才是可取的做法。

为他人着想。站在对方的角度，设身处地考虑别人的感受。出去野餐的时候，收拾好自己制造的垃圾，用塑料袋装好带走；

吃完饭适当收拾一下餐桌，以方便服务员清理；问别人借了东西，还给别人的时候请保持东西原来的样子；若是借了朋友的车，还回去前请替他加满油。

不要谈论金钱。不要问别人的收入，切勿谈论你赚多少钱、有多少钱或新买的汽车、钱包、夹克、耳环价值多少，或是获得多少加薪。这些行为皆不优雅。此外，你最好也不要谈论父母、男朋友、好朋友或其他人赚多少钱。

不给人轻浮的印象。比如不要穿特别暴露的衣服，露肩、露乳沟、色彩过于鲜艳的衣服，都不够优雅。挑衣服的时候，要懂得区分性感和放荡。妆容不要太过，注意与除男友以外的异性保持适当的距离。

读书听歌。读书让人丰富，音乐使人沉静。读书养性，音乐怡情。琴棋书画是古代大家闺秀的必修之课，放到今天，仍然适用。很难想象一个喜欢琴棋书画的女子会张扬跋扈，她们一定是静如处子、朱唇轻启的优雅群体。

举止优雅的女性，看起来赏心悦目。女人就该活色生香，愉悦自己，也给周围的人带去一片美好。

国人为什么不开心

我认识40多个旅居欧洲的中国女孩儿。这个群体里，由于语言、文化等各种因素影响，少数在公司上班，少数自己创业，大部分做了全职家庭主妇。

这些家庭主妇并不是不想上班，主要原因还是找不到合适的工作。加上有的孩子还小，需要照顾，两相结合，也就被动成为"主妇"了。她们中间，有双博士学历的，有美国、澳大利亚留学背景的，不乏高知人士。

大家聚会的时候，也会抱怨一下工作不好找，但是，她们对自己的生活状态总体是满意的。大体情况就是：现在也不错，但是若能找到喜欢的工作就更好了。

我曾经问过她们，有没有考虑过回国？因为在国内，硕士、博士学历的海归，还是能找个白领阶层的工作的。工资不一定多高，但起码工作环境应该还不错，不至于像在这边，连个蓝领的工作都不好找。

她们一个个摇头："这边生活是不如国内有趣，但从来没想过回去。"你可能想说，这些人是不是连国外的月亮都觉得圆一些的崇洋媚外群体呢？自然不是。她们已经在欧洲生活过几年，新鲜感早已褪去。若是单纯的崇洋媚外，恐怕早就被现实击穿，因为这边好多方面并不如中国。

比如，这边的商品没有中国丰富，网上购物并不比店铺便宜；这边的学校很简陋，好多都是几十年上百年的老房子，没有中国那么先进的配套设施；这边的公共交通相对中国，又贵又不方便；周日商店不开门，平时也是下午6点就关门，不像中国8点以后还可以去逛街……

虽然诸多缺点，但她们却愿意待在这个地方。这到底是为什么呢？我们先来看看同样年龄同等学历的一群人生活在国内的状况。跟她们接触，我的最大感触是，她们活得不开心。

原因一　攀比的风气

在北上广深这些大城市生活的，谁不觉得累？而这个累，主要源于攀比。

雪儿是我在网上认识的一个年轻妈妈，她一年前辞职，有一个3岁的可爱女儿。我问她有没有想过再要个二胎。

"在上海，没钱根本就不能生孩子。一个都养不起呢，哪能再要。"她连珠炮似的说，"我们家宝宝才三岁多，除了高昂的幼儿园学费，我还要给她请家教、学钢琴，每周三次舞蹈课。再大一点儿上了小学，奥数班要上吧，英语要补吧。这些，哪样不要花时间花钱。"

"为什么一定要上这些辅导班呢？这个又不是免费的。"我表示不能理解。

"大家的孩子都在学啊。虽然我不赞成，但是，难道真要让孩子输在起跑线上吗？我尽力了，以后她活成什么样子，我没有愧疚感。"她顿了顿又说，"别说家长会比谁上了什么班，就连穿一双好一点儿的鞋子，大家都会争相效仿。我给女儿买了一个进口的水杯，后来发现，班里有一小半的娃娃都跟我家的一样，买了那个水杯。"

我知道她没有夸张，当年我在北京的时候也是这样，我特别会关注同事里谁又换新车了，谁在好的地段买了套大房子，然后羡慕嫉妒半天，暗暗下定决心，自己也不能太差。

可是，来了欧洲以后，我渐渐平和下来。一起出去玩儿的姐妹也有开豪车的，我看了，顶多说句"这车不错啊"，就过去了。我并没有觉得我开那辆便宜的车有什么不妥的地方。先生提议给我换车的时候，我说："干吗换啊，挺好开的。从来没出过毛病。"当年，我可是心心念念想开好车的啊。

思考了下，我觉得最大的可能，就是这边的大部分人并不在意车的牌子和价位。每个人会根据自己的目的选择车型，有的注意安全系数，有的关心油耗量，有的考虑污染指数。总之，车子就是交通用具而已，能把他带到工作的地方，再安全带回家，就是车子的全部使命。

在欧洲，车子不是炫富的工具，孩子的穿着打扮和教育也不用来攀比。我愿意打理院子，就买一座郊区的大房子；我不愿意在修理草坪上花工夫，就买个公寓。各有利弊，没有比较的必要。

在中国的乡村，人们的幸福感指数高于城市，为什么呢？因为乡村里，大家的贫富分化并不太严重，你有家，我也有；你有工作，我也有。他们唯一攀比的，就是将来谁的孩子考上了名牌大学。自己家孩子考得不如别人家的孩子，是会让他们耿耿于怀好久的事情。而在城市里，有人坐拥亿万资产，有人却连头顶一片避身的瓦砾都没有。

原因二　急躁的心情

北京五环内的公路上，并线的时候，如果两辆车之间空出半个车身的距离，往往就会有别的车从另一条线上插进来，扭着身子，要死要活地往这条线上钻。大家好像都特别忙，没有人愿意等哪怕一秒钟。

我刚刚来欧洲的时候，车子后面贴着"实习"的标志。上路的时候，心里特别没谱，生怕被后面的车催促。单行线上，大家都有条不紊地跟在我后面，保持着正常的车距，虽然我开得极慢。等到他们终于可以超车的时候，才一个个从我旁边呼啸而过。经过我的时候，还会给我一个鼓励的微笑。

那时候我就想，这如果是国内，限速70迈的地方我只开50迈，估计催促的喇叭声一定会此起彼伏吧。

停车的时候，我往往试了四五把才能把车停进去。我窘迫得满身大汗，但是后面的人静静地等着，没有一丝不耐烦。当我面带愧色跟他们说对不起的时候，他们友好地笑："谁都有刚刚开始的时候，不用介意。"

这些小美好，让身处异乡的我感到无比温馨。

在国内小店买东西，试了几件再不买，是会招白眼儿的，更有甚者，直接会问你到底买不买啊，言下之意，不买的话，请快点儿滚蛋。而在欧洲，各行各业，不急不躁。买一杯咖啡，就可以在店里坐上半天，晒太阳、聊天、看书、写字，没人会觉得你占了他们的位子。

原因三 放大的权力

闺密在北京的一所中学教书，一天她微信呼叫我："可以跟你聊聊吗？最近真的好郁闷。"

一生里能有几个可以被称为闺密的人？我自然放下写了一半的文字，当起了垃圾桶。

原来，三年前闺密怀孕，要求辞去班主任的职务，一直到现在，校长还耿耿于怀。本来闺密早该晋级加薪了，可校长就是不给她机会。

"论资排辈也该到我了，何况我还连续带了几年的高三。"闺密愤愤地说，"你说，我一毕业就当班主任，怀孕了还不能休息休息吗？"我心里也替她不平，但火上浇油也无济于事啊。

国内的状况就是，拿着鸡毛当令箭，谁的手上有一丁点儿的权力，他就要充分运用这点儿权力。去政府部门办事，需要排队的，自然都是老百姓。

在这边，习惯了被服务，可是一回国办事，立马就有一种求人的低下感。许多年来的习惯，一到那个环境，自然就生发了出来。以至于达西先生奇怪地问我："你怎么说话这么小心翼翼？他们是公务员，就是服务大家的啊。"

然而，一件事办下来，达西先生就明白为什么了。因为要给一个证件换个名字，我们跑了好几趟办公室，交了若干个证明，还没有办妥。最后我一个在法院工作的同学打了个电话，事情妥妥地就给解决了。回来以后，达西先生每每给家人讲起这件事，就会说"太可怕了"。

这种总被别人捏着喘不过气来的感觉，动不动需要求人的感觉，让人觉得活得憋屈和郁闷。在这种大环境下，生活怎么能开心？

原因四 缺少发现美的眼睛

在欧洲，只要是天气晴好的周末，家家户户老老小小就都出来了。骑自行车、摩托车的，徒步的，骑马的，应有尽有。路边的一株蒲公英、森林里一只跑跳着的小松鼠，都引得人们驻足。心情的明朗可以从他们的脸上和笑容里看到。迎面走过，认识的不认识的，大家都开心地互相打招呼。

而在国内，加班和生活的负荷已经压得人喘不过气来，周日的两天，很难全部拿出来享受生活。大部分人会起码用一天，待在家里养精蓄锐，或是去做兼职，赚取更多过好日子的资本。

对物质的过分追求会影响人们对美的感受，而不善于发现生活中的美，又会使生活死气沉沉没有趣味。生活在没有色彩的重压下，哪有开心可言？

结合以上几点，以及我在国内生活的经历，对于旅居欧洲的这群人不愿意回国生活的决定，我是可以理解的。生活在一个不是故乡的地方，虽会思念家人朋友，但是整个人却是放松、开心的。

生死之间

（一）

我一直以为自己是怕死的人，因为每次飞机起飞的时候我都紧闭双眼，手心冒汗，一副大难临头的样子。但昨晚以后，我知道，我害怕的，其实是生命骤然间消亡，连跟亲人道别的机会都没有。

昨晚一场大病，感觉离死亡只有一步的距离。不敢睡去，害怕自己就这样走得悄无声息。等到东方隐隐有了光亮，我挣扎着起床，找了纸和笔，郑重地写下了我的临终嘱托。

写完之后，是出奇的平静。我眷念尘世，深爱枕边人，舍不得死去。但若命该如此，又能如何？号啕大哭？祷告？倾诉？那都不是我。

我把先生的胳膊轻轻拉过来，环在腰间，十指交叉，握住他的手——如果要死，我想死得温馨优雅一点儿。

一切安排好了。我闭上眼睛，泪水顺着脸颊流下来，虽然心酸，可死亡也没有想象的那么可怕。

清晨太阳升起的时候，我照常醒来，症状减轻。心中释然：我现在还不会死。

有些眩晕。我坚持着起床，拉开窗帘，阳光显得格外明亮。打开客厅的大门，看到阳台上在微风里摇摆的红蕉花和黄萱草，一切是那么美好。

梳理一下思绪，顷刻间觉得，对生命，我似乎理解得更深了一层。

（二）

一直不明白三毛怎么会选择去结束自己的生命。

喜欢三毛，不仅因为她的文，更是因了这个人。

三毛是天才，也是疯子。她的美，在于她的个性。穿着洋装、凉鞋走在沙漠里，手上捧着荷西送她的新婚礼物——骆驼头骨的时候，她欣喜若狂。她用自己的一双巧手，把天花板破了一个洞的房子，布置成沙漠里最文艺、最温馨的家。

她走遍天涯海角，看尽世间炎凉。她说，天真的人，不代表没有见过世界的黑暗，恰恰因为见到过，才知道天真的好。三毛就是这样一个率性的人：她笑，必如阳光般灿烂；她爱，必倾其所有毫无保留。她的眼睛，始终是亮亮的。

荷西去世后，三毛回台湾定居。她曾经的同学，一个德国的外交官，对三毛的追求是诚恳的。母亲和姐姐劝她接受："这样就可以有人陪着你了。"但是，三毛考虑以后，拒绝了。她对姐姐说："如果三毛穿着礼服和高跟鞋，端着红酒杯穿行在宾客之间，那她还是三毛吗？"

"心若没有栖息的地方，到哪里都是流浪。"许是天妒英才，这样一个随性美丽的女子，最终带着一颗经历过生离死别后千疮百孔的心，选择了结束自己的生命。

在我心中，三毛是一个伟大的作者，一个热爱生活的女子，也是一个悲剧性很浓的人物。以"自闭"为生命基调的三毛，最终选择了她认为最好的与荷西的"赴约"方式——丝袜。

但我始终不明白，一个人怎么可以舍得主动放弃自己的生命？

难道真像大家说的"三毛性格中的自我封闭、敏感、孤独等缺陷，加之两任丈夫的离世对她的打击，虽然事业成功，但悲剧性结局'即使那天不发生，早晚也要发生'"？难道真的是，存活于人世间几十年，深爱过、骄狂过，做了自己喜欢做的事和应该做的事，然而那个陪伴自己灵魂的人已不在人世，忽然就觉得自己活着没有了必要？难道是这个世界上让她留恋的东西已不够支撑她继续活下去，而与荷西"团聚"的欲念却日益增强？

我知道，天才，往往都是孤独的。那种孤独，是曲高和寡，是高处不胜寒。像海子，像梵·高，谁不是满腹锦绣无人解？

如果是这样，那我庆幸自己不是天才。我愿意于俗世，陪伴着那个在乎我的人，一起看花开。我愿意在厨房里给家人烹调一锅美味，感受小黑猫蹭我脚背的温柔。

活着多么美好！我断不会自己结束自己的生命，不管多艰难。可若有一天，我的生命到了终点，我也会坦然面对。这是我对待生与死的态度。

（三）

很久没用QQ了。某天凌晨，一个朋友给我打电话："你看到安的说说了吗？好像出事了。"

我睡意全无，打开空间，入眼是一幅恐怖的画面：左手手腕处被深深割开，流出来的鲜血成紫红色。上边只有一句话："我不想活了。"

我激灵打个冷战，不敢看，却又忍不住不看。颤抖着手找到安的号码，没人接；QQ留言微信留言，没有反应。我一遍一遍地拨语音，没有回复。

安刚搬家到布鲁塞尔，我没有她的地址。何况等我们赶过去，也是两个小时以后了。达西先生建议打112报警，可是，还是那个问题：我们没有她的地址。

一夜无眠，第二天下午，安给我打电话，让我不用担心，伤口已经包扎好，她也回到了住处。我嘱咐她给家里人报平安后，到底没忍住，责备了她几句："有什么比生命更可贵呢？活着才是根本。你活着，不仅是为自己，也为父母，为关心你的人。"

安突然哽咽了："我知道你说得对。但在那一刻，我控制不住自己。我觉得对不起他，因为我，他现在一无所有。我只是喜欢他，没想到害了他。"安爱上了一个有妇之夫，后来被他妻子发现，男人被迫净身出户。由于男人是通过婚姻拿到的比利时居留，两人结婚还不到3年，他妻子直接去市政厅，申请撤销他的居留权。

男人从老板到身无分文，从有房有车到连居留都没有的无业黑户，就在一天之间。

　　"他早应该想到这一点，何况他也有责任。如果他真心对你，他就不是一无所有，他还有你啊。"我说。

　　安想了想，竟愉快起来："也是啊，他还有我呢。"

　　真是个傻丫头！竟为了心疼一个男人自杀！我佩服她用情至深，但我不佩服她的愚勇——活着，是多么好的事！她才二十几岁，有什么坎儿迈不过去的？只要两个人互相扶持，劲儿往一处使，总是有办法的。

　　生死一念间。死了，就什么都没有了。你的才华你的梦想都将成空，最主要的，伤害到的是最爱你最关心你的家人。想一想父母，想一想兄弟姐妹，想想这世间美好的事。

　　于我，每一天能看到太阳升起，看到绿植在微风里轻摇，能听见孩子叫妈妈，看到老公的车安全地停在楼下，我就觉得，日子如此幸福，多久我也过不够。如果我可以再贪婪一点儿，那么，赐给我们健康吧。没有病痛，就够了，我不再奢求更多。

这样的女人，
才是会过日子

你是不是一直以为，俭省就是会过日子？你每天早上熬点儿米粥就两个白馒头，舍不得护肤，不买新衣服，内衣穿到没弹性才会舍得换，逛商场时看到美鞋只是试一试，安慰自己"去年买的还好好的呢"。然后你自己被自己感动了：我多会过日子啊。

然后有一天，老公看着别人家老婆依然俏丽嫌弃你不会保养不会打扮的时候，你愤然：老娘还不是给这个家省钱？你这个没良心的！

可是姑娘，你一开始就错了。新世纪里，会过日子可不是单指俭省，它的意思是：把日子过出味道来。

1. 理智花钱

过日子，不是总要把一分钱掰成两半来花，更不是东西总要拣便宜的买，而是该出手的时候就出手，不需要的绝不滥买。

不管是国内还是国外，打折的时候，总有大妈们成堆地买，买完还兴高采烈地自夸，像是拣着了大便宜。其实，我们心里都清楚，那些用不上的东西、不喜欢的衣服，哪怕就是一块钱，由于无用，它也是贵的，因为它的价值完全没有体现出来。所以我们必须切记，不管商家如何宣传，"便宜"不要成为我们的购买理由。

可若是需要的，比如书橱、打印机、电视机这些东西，则要买质量上乘的。试想，你花1000买台打印机，用了6个月坏了，跟你花3000买一台，用上5年，哪个合适？

这些看似简单的道理，却往往落不到实处，因为女人在购物时，总是容易冲动。因而我们要时时提醒自己，切勿冲动消费，否则买回来一堆垃圾，过一段时间，还要"断舍离"。

2. 好的审美

会过日子的女人，必须有一个撒手锏：审美。会淘的人，在网上也能淘到好东西，穿起来档次一点儿也不低。审美不行，不会搭配，大牌也能穿出街边摊的效果。

审美差了怎么办？多看时尚杂志、现代都市情感剧。你学的，可都是现在的时尚造型师们的手艺，就算学个及格分，应付日常也绰绰有余了。

如果真的审美欠缺，建议可以去一些中等档次的小店，那里的售货员都挺会搭配，征询她们的意见，多对比，总能买到合适不贵又得体的衣服。

3. 善于理财

会理财，绝对是过日子必须有的技能。存银行，利息敌得过通货膨胀吗？放余额宝，那点儿利润，够你每个月交水费电费吗？现在的理财平台鱼龙混杂，如何找到合适的靠谱的，就是考验女人智慧的时候了。

不过，不要问我应该怎么理财，我也不懂，我如果懂的话，就去做金融投资了，不会在这儿熬夜写文了。

4. 给家营造出气氛

欧洲的好多情侣，大学毕业就搬出来自己居住，家具大部分都是宜家买回来的。但是，几个简单的挂在墙上的小书架，被他们一造型，显得格外活泼可爱。空出几个，放上几个相框，相框里是简简单单的生活照；或是摆上一小盆仙人掌、一盆普通的肉肉，那小清新的意蕴和味道，真不是花大价钱买回来的家具可以媲美的。

给家营造出气氛的方法很多，放在沙发上的一只大布娃娃，就能增添温馨；厕所里的音乐，能让人放松。朴素或奢华，前卫或雅致，全看女主的品位来定。

我弟弟曾在北京有一套60平方米的小家。弟媳妇心灵手巧，家虽不大，却收拾得井井有条。暗红的电视柜上面是后现代主义画作，一组白色的真皮沙发占据着客厅一大半位置，地上铺着软软的绒地毯。每次去他们那儿，往沙发上一坐，就觉得特别放松。

家里若是养只小猫、小狗，也会给良好的家庭气氛加分。

5. 协调好工作和家庭

会过日子的女人，绝对可以协调好工作和家庭关系。工作上的负面情绪，绝对不带到家里来；尽量少加班，在家里不做公司的事。

无论是电视剧里还是生活中，工作上出色的女人，生活往往也安排得有条不紊。这其实是一种能力，会过日子的能力。

6. 创造卧室情调

这一点，估计是大部分人想不到的。会过日子，难道不是会做家务会持家？跟卧室有什么关系？

但是认真一想，这两者关系可大了。过日子，是要把细水长流的一日日一天天过得有滋有味，要把白开水一样的日常"煮"出咖啡或茶的味道来。除了亲子关系，夫妻关系也是家庭里不可忽略的重要部分。

夫妻关系，除了在厨房里笼络对方的胃，最好的地方，就非卧室莫属了。至于如何创造卧室情调，当然要看双方的性格和爱好。

不管怎么说，卧室里除了床头要有一盏读书灯，还应该有一盏充满温情的灯。暖暖的灯光，有促进身心放松的作用，容易让人心生情愫，也更容易做一个美好的梦。

卧室里的挂画，最好是油画，色彩浓郁，风格要根据自己家庭的装修风格来定。如果你的家具样式是深沉稳重型，那么卧室的装饰画就要选与之协调的古朴素雅的油画。若是明亮简洁的家具和装修，最好选择活泼、温馨或前卫、抽象类卧室油画。

当然，如果你愿意，偶尔来一次制服诱惑，或是其他花样，也是增加卧室情调的一种方式哦。

总之，不要以为会过日子就是会节省。会过日子包含着方方面面。如果你的家里气氛融洽，孩子快乐向上，老公爱你如初，那你就是一个会过日子的人。

我们可以不奢侈，但也不能对自己太吝啬。该花的时候就痛快地花，该省的时候也不会浪费。会过日子的女人就是拎得清，爱家人也爱自己，不做日子的奴隶。

从众心理，
扼杀了你的优秀

前几天带朋友3岁的女儿出去玩儿，孩子随手把糖纸扔在了路上。我严厉地让她捡起来，她撇撇嘴要哭出来了，一边捡，一边委屈地嘟哝："你看，那些大人的烟头儿不也扔地上吗？"我蹲下身子，认真地看着她的眼睛："别人做的，不一定都是对的，你不能因为别人这样做，就以为这样做是可以的。你明明知道不能随便扔垃圾的，对不对？"她似懂非懂地点点头。

其实，别说3岁的孩子，十几岁的青少年，包括我们大人，也都经常有这样的心理。

亲戚家的孩子本来成绩不错，高三的时候，班上转来几个吊儿郎当的学生。这孩子不久就跟新来的同学打成一片，很快这孩子就变得懒散拖沓、打架闹事不学习。中学生是性格养成阶段，一方面他们自己还没有自我控制的能力，另一方面，青少年迫切渴望"被认同",这种认同感,迫使他们有意无意地从众,学习周围人的言行。这就是我们常说的"近朱者赤,近墨者黑",这其实也是一种从众心理带来的影响。

在北京的时候,我很清楚,垃圾应该分类,但是,看大家都是一股脑儿把各种垃圾装在一个黑塑料袋儿里,随手扔进楼下的垃圾箱就完事,我也就懒得再分类了。

我在德国工作的师妹来我这儿玩,一起逛街买衣服。她特别喜欢马克·波罗这个牌子,从夹克到衬衫到长裤,买了很多。在她的影响下,我也花了300欧元买了一件这个牌子的外套,到家才发现完全不是我的风格,从内到外、从上到下,就找不到可以搭配的衣服。

国内常常有这样的报道:老人摔倒,一群看客围观,没有人出手施救。除了源于敲诈行为的横行,源于道德的沦丧,还有个原因,就是从众心理。

后来的人,看先前来的人都没有施救,就觉得自己可以推卸责任:我刚到的,还不知道怎么回事呢。一个非常好的借口。

因而,如果路遇危险,最好不要向一群人大呼救命,尽量向其中某个人求救,目标要明确,让他觉得责无旁贷,这样他才不好袖手旁观。否则,源于从众心理,他也可能畏首畏尾不作为。

(二)

心理学家做过这样一个实验:被试者10人,其中9人是心理学家的助手,另外一个是真正的被测试者。心理学家在黑板上先画了ABC三条长短不一的线段,然后又画了一条"X线段"。"X线段"明显是跟B一样长度的。

心理学家问："请问'X线段'跟ABC中哪条一样长？"9个助手抢着回答："A。"那个被测试者没说话。心理学家又问了一遍："刚刚好像有人没有回答，我再问一遍，'X线段'跟ABC哪条线段一样长？"9个助手又异口同声地回答："A。"

心理学家问被测试者："我好像没听到你回答。你觉得X跟哪条线段一样长呢？"

被测试者目光躲闪着，有些不确定地说："应该是A吧。"

这就是从众心理。"X线段"明明跟B一样长，是一眼就能看出来的，但是，因为另外9个人都觉得是A，这个被测试者对自己产生了怀疑。从众，让他放弃了自己本是正确的选择。

一个实验也许并不会产生恶劣的后果，但是在现实中，从众心理却往往酿成大错。

法国、比利时经常发生的集会游行事件，一开始大家都很理智。谁都知道，游行可以，但打砸烧是违法的，但是，集会的后期，往往开始砸汽车、跟警察对峙。一个人的时候，他注定不会干这样的事，可若很多人都干了，就容易带动大部分人。这也是因为从众心理：做大部分人做的事，没什么大问题，反正法不责众。

（三）

那么你呢？你有没有被从众心理狠狠砸中，扼杀了你的个性，让自己盲目跟风，服从大众，忘记了自己的初衷？

小学的时候，老师问："小朋友，你的理想是什么？"你回答的，是当科学家、当医生、当教师吧？

中学的时候，你的理想呢？我估计清一色的是：好好学习，考个好大学。

大学毕业前，你叹了口气：还是考公务员吧。

公务员真的是你最想做的吗？你真的是看中了这份工作的稳定和清闲吗？不是的，其实你是个想闯一闯拼一拼的有志青年。可是，怪我咯？现在我身边的同学朋友都要考公务员，看来公务员应该是最好的选择。

醒醒吧。大家都选择去做的，并不一定就是最适合你的路。从众，只会让你"泯然众人矣"。

（四）

老子说："孰能浊以止？静之徐清；孰能安以久？动之徐生。"静下来，才能让浊水变清；动起来，才能让安宁长存。

静心思考，不盲目跟风，才能做出正确的判断。

据说有个村子盛产石头，村民们都去山里拣石头，卖给建筑商。有一个青年，在路边给大家提供茶水，条件是，他们从自己的石头里面，挑出一块形状奇怪的来作为交换。背石头的人都认为这样的交换没有什么损失，欣然应允。这个青年，后来把那些奇形怪状的石头卖给花鸟商人做盆景。一块石头的价格，是一筐石头的数十倍。

后来，村里的青年靠种梨树卖梨子招徕八方客商，一筐筐的梨子远销全国各地。大家都在为小康生活欢呼的时候，那个卖奇形怪状石头的年轻人砍掉了所有的梨树，种起了柳树。原来他发现，客商们不愁买不到梨子，但他们却缺少装梨子的柳条筐。

在竞争日益激烈的社会大环境里，只有灵活思考、另辟蹊径，才有可能成功。

生命中充满了欲望，不忘初心，方得始终。人云亦云，很难成大器、修正果。心纯粹了，梦才能清明。盲目从众，只会扼杀你的优秀。

愿我们都能坚持做自己，独一无二的自己。

十平方米
出租屋里的快乐

2007年秋，北京。

我跟同学小央找了个兼职，是给某国家部门打电话核实外企信息的真实度，一天8个小时，200块钱。

狭长的办公室里，坐着两排跟我们一样的兼职人员，大家分别努力地用英语、意语、西语、德语、法语、日语、阿拉伯语跟那些远在地球另一个角落的公司前台联系着，认真地打钩或修改。

这些兼职人员都是北京各高校的大学生，北外的最多，记得还有一个是清华的硕士。清华硕士都来做这个兼职，使得我们更对这个工作感觉满意一些。

打电话，听起来是个轻松的工作，可连续8个小时，结束的时候，耳朵都是麻的，胳膊又酸又疼，其实真的蛮辛苦。好在每天工作结束就能领到两张毛爷爷，我们都有了动力。

下班以后，我跟小央沿着成府路往回走。逛逛路边的小店，买条40块钱的短裤，来个冰淇淋，吃个老婆饼，有时候只是一串冰糖葫芦我们俩就都心满意足，各自回自己那十平方米的出租屋。

小央和我，三观出奇一致，就连口味都相差无几。我们都爱吃牛板筋、猪耳朵、鸭脖子。平常，我俩常常去吃麻辣烫、凉皮、烤鱿鱼；特殊的日子，我们约着去汉拿山或是呷哺呷哺或是麻辣香锅店，大快朵颐。

美食，安慰了贫穷的我们。在没有能力去想房子车子的时候，味蕾的满足是最重要的幸福。我们靠自己的努力，有个十平方米的安身之所，出去我们结伴而行，归来我们有属于自己的小空间。我们过得，快乐得像公主。

直到那天中午。

我跟小央的旧手机都是毛病百出。我俩比较了好久，最终选定一部索爱手机，活动期间打折，折后788。暖暖的橘色镶边，很喜欢。后来，她一个人逛街，又买了两个一模一样的挂链，送我一个。

中午半小时休息时间，大家聚在一起吃外卖送来的盒饭。一个北外的同学看到我们的手机，羡慕得叫起来："啊，你们俩要不要这么好啊！手机一样的也就罢了，手机链都一模一样的！真是羡煞旁人。"

其他人都凑过来看。清华的硕士掏出他的新手机："我上个月的工资，也买了手机。刚刚拿到手的iPhone，从美国带回来的。"

人群"哗"一下围拢过去："哇！这就是传说中的iPhone？"

那个时候，iPhone一代，我们只听说过，电视上见过，可身边的这个跟我们一样做这份兼职的哥们儿就有了一个！简直是传奇！

"两个月工资才够一个手机，你不用吃饭吗？"一个可爱的小女生张着惊讶的嘴巴问他。

"我父母每个月给我零花钱的。本来我妈让我不要做兼职，太辛苦，她答应帮我买个iPhone的，但是我觉得，都二十几岁的人了，还要父母给钱买，不太像话。所以就来做这个兼职，一个月工资加上自己的零花钱，就买了。"他说。

虽然一起工作了一个多月，但是平时踩着点儿打卡上下班，我们很少聊天。这个中午我们才知道，清华硕士家就在北京，条件很好，他兼职，只是为了多一点儿零花钱，而我们中的大多数，却是靠兼职这点儿钱糊口和生活的。

我和小央对视了一眼，不用语言，我们明白彼此目光里的含义：唉，不是一个层级啊。

那天下班，我们俩极其默契地要去吃念叨了好久的烤肉。那是一家韩国烤肉店，装修极有特色，平时，不是节日或谁的生日，我们都不舍得去吃。

平时吃饭的时候，我俩总是嘻嘻哈哈开开心心，可这天，我俩情绪都有些低落。原来这个社会上，有很多人出生就住着大房子，不用奋斗就什么都有了。我们排队买宫廷牛肉饼的时候，别人可能正吃着西餐喝着洋酒。

叨叨着、怨念着，我们互相排遣互相安慰。吃完烤肉的时候，我俩已经得出结论：世间本无绝对的公平，正因为我们没有那些先天优势，我们才要更努力地奋斗啊；正因为生活不容易，我们才要每天开心啊。

释然地回到出租屋，我们一如既往地快乐。

后来我从五道口搬去了西边，住在从工作的学校租来的十平方米的小公寓。隔壁房间是个河北姑娘，敦实憨厚，笑的时候有个小虎牙。

她喜欢顾城，我喜欢古筝，我们是彼此房间里的常客。周末的白天，我们一起逛公园、淘衣服、做饭。晚上，她读"草在结它的种子，风在摇它的叶子，我们站着，不说话，就十分美好……"我用古筝给她配乐。

她最拿手的，是做大葱豆腐和清炒豆芽。我总是由衷地夸她手艺好，她也不谦虚："你看咱俩的小日子，过得多滋润。那些去吃山珍海味饕餮大餐的，还真不如我们这小生活——他们吃得脑满肠肥的，一不小心就三高。我们这自己做的，健康。"

我们也有"相看两厌"的时候，就直接跟对方说："我今天就想安静待着，看看书。别吵我啊。"另一个也不在意，毕竟都是喜欢看书的人，窝在小屋里，捧一本喜欢的书，就忘却了窗外的尘嚣。

如今，走了那么远，隔着无数的山山水水，我常常怀念我曾经的那两处十平方米的出租房。不仅仅想念那些平常的日子简单的生活，更想念陪我走过那段岁月的人。

小央和后来的河北女孩儿教会我的，我这一生受益无穷：房间小点儿真没关系，只要有空明的心，有合拍的人，有生活的情趣，在哪儿都可以快乐。这世界本没有绝对的公平，想要哪种生活，努力去争取就好。每个人都有属于自己的小幸福。

老朋友，
我为什么不跟你聊天

　　我有两个从小一起长大的好姐妹，如今一个在上海，一个在深圳。我们之间的感情，是想起来都会掉泪的那种。一个橘子，会数数几瓣儿，然后平均分成三份；一个糖果，我咬下来一截，剩下的给你，等大家都含在嘴里了，再一起享受嘎嘣嘎嘣大嚼的快乐。

　　我也曾经有三个死党，我们四个人，一人一辆脚踏车，大红、宝蓝、亮白、橙黄。小城里的人，都知道这四辆车形影不离，出双入对，哪天若是一个人出门，必被人问："另外三个呢？"

　　过去的时光里，我有过许多好朋友，她们，陪我失恋、陪我酩酊大醉；她们，知道我不可告人的秘密，知道我曾经暗恋的人的名字。

　　从小到大的同学里，也有很多三观一致无话不谈的好朋友，散布在世界各个城市。

　　我经常想起他们，想起相处时的点点滴滴。但是，我在朋友群里是比较沉默的，大家都说我不爱聊天。

　　可事实是，我在一个陌生群里聊得很嗨。天南海北，荦荦素素，要求爆照，那就爆呗。挑一张最好看的，甩进群里，收获了无数赞美后，告诉他们："其实这不是我，这个人，复姓美图，名叫秀秀。"每一个人对另一个人，都是只知皮毛而已，但没关系，我们互相逗乐互相捧场。不想聊了，直接一句"我滚了"就销声匿迹，没人在意，下次回来大家还是热火朝天。

可朋友群就不一样了。

我是一个念旧的人，换辆车，我都会为旧车掉泪。朋友群里的每一个人，都是我特别在意的。越是在乎，越是害怕。我害怕的，是无话可说的尴尬。

这种尴尬，并不是没有发生过。一个私交甚好的昔日同学，当年我曾无数次去她家蹭饭。她个子高，我瘦小，所以总是她骑着车载着我，背对着夕阳，去她的家。她佝偻着背使劲蹬车的样子，一直在我脑海里抹不去。

失联很多年后，我们终于加到了彼此的微信。那一刻，我像联系上了男神一样激动。可是，没聊几句，我们都觉得词穷意尽，只好无话找话。最后她说："回国来我家玩儿哈。"我说好的。从此，她就躺在我的好友列表里，再没有动静。

多年前的几个闺密建了一个小群，大家的兴趣点在于给孩子报奥数班、英语班，孩子的钢琴考了几级，暑假去哪儿夏令营。她们有说不完的话，可我像个白痴。

异地恋不容易，异地的友谊也不容易啊。谁说距离不是问题？时差的距离、地理的距离都是问题。

有人说，圈子不同，不必强融，我深以为然。不在一个圈子了，即使挤一块儿聊天，怎么都会有如鲠在喉的不舒服不畅快的感觉。

我在思量公众号如何涨粉，你在考虑怎么让老板给你加薪；我关心的是新书能不能卖得出去，你着急的是怎样能晋升到空缺的职位；我害怕的是欧洲的恐怖主义，你操心的是空气污染问题。

我们的槽点不同、关注点不一样，共同话题因而少之又少。除了"你那边几点了""最近又去哪儿旅行了"外，随时都会冷场，以至于最后以一句"回国找我玩儿啊"结束会话。

所以老朋友，我不跟你们网上聊天，不是我淡忘了我们的友谊，恰恰因为我很珍视。我不想因此让你觉得我们有隔阂，我们疏远了，让你们心里有淡淡的失落。

虽然不聊天，但是回国了，我联系的肯定是你们，而不是我聊得嗨的那个陌生群里的人。

因为，我们一旦共同置身于那个环境，友谊的小火苗儿就会噌噌重燃。我们会想起一起做过的事儿一起走过的路，我们会去吃彼此都喜欢的美食。你会把孩子托付给老公，放松身心地陪我度过一天的时间。我们天马行空地回忆，想起那些美好的旧时光。

那些旧时光里住着的，是我们的青春、我们年轻的身影，是我们的梦想和我们年少时的张狂。记忆太美好，我们需要在现实里寻找，而不是在冷冰冰的网络聊天里回想。

时光太瘦，指缝太宽。日子的灰烬，散落于红尘，弥漫于心间。我走了，分别了，你回到你的生活，我回到我的生活。我还是那样，很少跟你聊天。

老朋友，我不跟你聊天，不代表遗忘。我是用我的方式，呵护着这一份淳朴的情感。不用担心，学生时代的情谊最牢靠，即使不借助网络聊天来维持，感情也不会变质。一顿饭，我们又能沧海桑田，把酒话天涯。

君子之交淡如水。陌上花开，吾可缓缓归也。

时间花在哪儿，
成功就在哪儿

健身三个月以来，感觉小肚腩渐渐消失，小腹越发紧致，无比欣慰。当然，距离马甲线还有很长的路要走，但我充满信心。

时间是公平的，你把精力放在什么上面，你的收获便一定在那里。

把时间花在保养上，你就会比别人有一张更精致的脸；把时间花在跑步上，你会日复一日更觉神清气爽；把时间花在事业上，你就收获更多经济上的效益；把时间花在对爱人孩子的陪伴上，你收获的，一定是其乐融融的家庭氛围。

几年前，备战英语八级的时候，我英语底子薄。连续3个月，每天早上背5页六级词汇，然后开始做模拟试卷。除了上课的时间，我就只看和英语相关的书籍，做英语练习。晚上睡前，复习早上背过的5页词汇，再听着英语广播入睡。每天如此，从未间断。

3个月以后，我顺利通过考试。后来的考研英语、雅思考试的时候，没再花多少精力就轻松过关。

考研，我是花了整整6个月。每天早晨两个小时学习政治，其他的时间，分配给专业课的每一本书。晚上临睡前，阅读拓展书目，一方面为放松，一方面也为构建知识框架，给复试时候的面试做准备。

这6个月里，我大概仅有3天没学习，一次是参加同学的婚礼，两次是去郊区换换脑子。

听起来，6个月的刻苦学习，似乎很痛苦，但其实，我每天按时作息，保证不少于8个小时睡眠，也并没有觉得多辛苦。功夫不负有心人，最后顺利考到了理想的学校。

现在跟朋友们聊天，我总说，只要你在时间上能保证，工夫用在哪儿，收获就在哪儿。

农民春天里耕地播种施肥，秋天里就能收获庄稼。土地贫瘠、年成不好，只是收入打折而已，总归还是比不播种、不劳作要好。

我不是个聪明的人，尤其心无二用。自从4月份决定认真写文以来，我放弃了网球、钢琴。好友说，你可以三管齐下啊，运动、音乐和写作，完全不相干的东西，你可以从运动和音乐中寻找灵感，也可以换换脑子，得到些素材。

我诚恳地说：对于有些人，这样是可以的，但愚钝如我，总只能专心在一件事上。从小到大，我很了解自己。网球还好，钢琴，学了以后，每天不练几个小时，能学出名堂？我本来就比别人笨，别人30个小时可以学会开车，我得60个小时。

我从不避讳我比较笨这个事实，因为我不为自己笨感到害臊。勤能补拙，我总是用双倍的时间，去把我想做的事做好。

写文章也是这样。我比较慢，做不到每天几千字一万字，但有什么关系，我愿意每天坚持。我只写自己想写的东西，慢一点儿，但写出来的，都是自己的心声。

从去年11月到现在，我已经写了20万字。到目前为止，已经有8个编辑跟我约稿，要帮我出书。当然，这也许不算是成功，因为也许我的书不能畅销，我因而也并不能靠写作养活自己。

但于我而言，能不受限制写自己想写的东西，这些文字还能变成铅字集结成册，让更多人读到，就是一种成功了。我的时间，是值得的；我的内心，是满足的。

我一个同学，毕业后原本在合肥某重点高中当英语老师，但他的心里一直有一颗躁动的"教育企业家"的梦。两年按部就班的教学生活之后，2011年，他辞职开始了民办教育的探索和尝试。一开始，他与同学创办了"成长教育"学习中心，积极推行他的教育理念："快乐学习"和"个性教育"。成长教育越办越好，但他发现了一个问题：孩子们都普遍能接受这种教育理念和方法，但是家长往往只重成绩。

2013年，他去了常州，加入了学思堂教育，并在常州开办了"学思堂家长学院"交流平台，旨在从家长入手，传播新理念。白手起家奋斗了两年，如今，常州学思堂家长学院已在当地形成一定规模和影响力。可只有我知道他投入了多少时间：我在欧洲，跟中国有6个小时时差，但常常是我准备睡觉的时候，他才刚刚忙完工作、写好计划，打算休息。

没有一个人的成功，是无缘无故就来了的。

著名钢琴家郎朗，小时候被父亲要求，早晨上学前提前一小时起床，先练习1个小时，再去学校读书。下午，学完钢琴回来，在家至少要练习3个小时。这样算下来，郎朗每一天大概有8个小时在练琴。

郎朗固然有天赋，但若没有后天的努力，没有那么多时间的刻苦练习，也就没有了现在获奖无数、全身笼罩着光环的郎朗了：法国《星期天日报》称他为"中国的莫扎特"，美国《纽约时报》说郎朗是"当今古典音乐星球最受追捧的艺术家"，德国《镜报》也认为他是"21世纪的霍洛维茨"。

没有时间上的投入，哪有傲人的成就？

大家小时候都读过《伤仲永》的故事。方仲永本有天赋，5岁"指物作诗立就"。可因为他有一个贪图小利的父亲，利用儿子的天赋赚钱，"不使学"，最终，方仲永才华逝去，"泯然众人矣"。

方仲永的时间，没有花在读书学习上，而是用在了赚取蝇头小利上，最终没有一丝一毫成就。

你的时间都去哪儿了呢？有没有浪费在毫无意义的群聊、看一些劣质肥皂剧甚至是发呆、郁闷、沮丧这样的情绪里？

我们要好好控制我们的时间，不能让时间控制了我们。因为，这世界上，除了空气，就是时间最重要了。希望我们都能把时间花在有意义的地方，花在值得的地方。相信我，找到你感兴趣的事儿，把大把的时间花在上面，假以时日，你一定会在那一方面做出成就来。

请不要
带着你的偏见说话

偏见是无知的产儿。

——哈兹里特

（一）

上周日，是一位中国朋友孩子的满月酒，我们一个个拾掇得光鲜亮丽，愉快地去赴约。

在众多宾客中，我和蕊与另外两对中国夫妇坐在一起。席间，我们谈到共同认识的中国朋友小陈。其中一个男士说："他啊，最近又谈了个女朋友。依我看，又不靠谱。他们俩是在酒吧里认识的，经常去酒吧的女人，有几个好东西？"

蕊淡淡地看了他一眼："你经常去酒吧吗？"

"我没去过。我不喝酒，那种地方……"

他话还没说完，蕊就平静地打断了他："你都没去过，你怎么就知道酒吧就不是正经人去的地方呢？有时候只是为了去喝一杯，去听听音乐、去跳个热舞，或者，就是想换个环境，找一下激情澎湃的青春，有什么不可以呢？"

"我跟我老公，就是在酒吧认识的。"蕊又补充一句。

蕊并不是随便的女孩儿。她喜欢DJ，喜欢光影摇曳，喜欢大汗淋漓地舞动。那一年，她的生日，便约了几个好友，去昆明的一家酒吧庆祝。蕊的老公，彼时在昆明出差，正赶上中国的新年，公司放假，百无聊赖，便去酒吧消遣时光。蕊在跳舞的时候不小心撞到了他，没想到，这一撞，撞出了姻缘。

话不投机半句多。我们匆匆吃完正餐，就端着甜点，去其他桌子客串着说话了。

我轻声对蕊说："你刚才是不是太玻璃心了，有点儿让别人没有台阶下。"

蕊撇撇嘴："最讨厌这些搞不清真相就胡说八道的人了，还装得跟自己多懂似的。"

（二）

这件事让我想起在北京时的一件事。一位住在学校附近的30多岁的单身女性，经常来学校食堂吃饭，大概是一个人懒得做吧，或者有时候赶时间。

一次我们凑巧坐在一起，大家吃着饭就搭起话来。坐我旁边的同学问她是做什么工作的，她说她是空姐。

等她吃完走了，同学问我："她说她是空姐，你信吗？长得不好看，又不年轻了，怎么会是空姐？"

我也附和着："确实不像。谁知道呢，现在这社会，瞎吹的人多了。"

那个时候，我只坐过国内的航班。国内的航班里，空姐都是年轻貌美的女子，以至于我有一种错觉，以为空姐这个职业就是吃青春饭的，到了一定年纪，应该跟运动员一样，必须退役。

2008年，我第一次坐柏林航空的飞机，从北京飞杜塞尔多夫。坐定以后，空乘过来服务，我才发现，几个空乘都是大妈级别的，她们涂上鲜艳的唇色，手脚麻利，服务周到，笑容温暖。

后来我最经常乘坐的，是荷兰皇家航空公司和俄罗斯航空，里面的空乘也大半都是年过四十的中年男女。我才知道，"空姐""空少"是多么有中国特色的一组词。

（三）

一个曾经关系不错的老朋友开口跟我借钱。他租下了一个酒店，装修需要一大笔钱。"我也不说多了，你就借15万给我吧。你们欧元值钱，15万也就两万欧元不到。"他说。

汇率他倒搞得挺清楚的可是，他知道这边工薪阶层的净收入吗？他知道我们平常都月光吗？

他想象的我们在国外的生活，大概是像P.D.詹姆斯的小说《神谕之死》里描述的那般梦幻：有房出租，租金高，不愁钱。做着一份轻松的工作，有独立的教师居所"圣路加"，平时在阳光房里翻译欧里庇得斯的作品，晚上听听瓦格纳再上床睡觉，伴着海风与海浪。

事实却是，大部分人住在乡村，上下班开40分钟到一个小时的车。税收缴去一半，拿到手里的，除去月供和当月的开支，剩下的，攒着做旅行的费用或是按计划换车子等大件所用。

我说："抱歉，我刚换了新车，真没钱。如果我借钱给你，那我今年的旅行就都泡汤了。"

他自然是很生气："你在国外，怎么会没有钱？不想借就算了，别找借口了。"

不欢而散，从此他没有再联系我。

为什么在国外就有钱？为什么不能借就是不想借？想想他这个逻辑，也真是挺好笑的。

（四）

许多偏见，源于一知半解和捕风捉影。心存偏见，好比透过有色、凹凸的镜片来看东西，看到的已不是它原来的面貌。

近几年，科技界出现了很多女性CEO，比如雅虎CEO梅耶尔、惠普CEO惠特曼、IBM罗曼提。恰巧，这些公司的命运都不怎么好。于是有人评价：女性不适合做公司最高领导人。

可是，请别忘了Sheryl Sandberg（谢丽尔·桑德伯格）——从Google全球网络销售与运营副总裁的位置，于2008年接手零收入的Facebook并担任COO（首席运营官）一职，辅助马克·扎克伯格带领Facebook走向盈利。

请别忘了全球知名亚洲女性企业家王雪红，她执掌多个巨头企业，将台湾甚至亚洲的技术产业带向全球。

带着偏见跟人说话，很容易中伤别人。对于自己不了解的范畴，请谨慎做出评价。

赫·哈宾塞说：人人反对偏见，可人人都有偏见。

防止偏见的最好方法，就是读万卷书，行万里路。走得远了看得多了，目光和见识自然带我们走出过去认识的误区。

愿我们都能尽可能地放下偏见，不再带着偏见说话。

我就喜欢
有点儿爱慕虚荣的你

生活可以简单，但偶尔给自己一个惊喜，也是热爱生活的表现。我曾经省吃俭用，为了在生日那天送自己一串潘多拉手链，相信很多妹子也有过类似经历。

不为大牌，只为喜欢。

前一段时间，网文圈有两种对立的观点：一方坚持要努力赚钱，过上可以随意送自己名牌包包的生活；另一方则说买名牌包，那你就要配上一身名牌，否则就是削尖脑袋往上流社会挤的中产阶级，让人看不上。

其实，不买名牌包的，只有这样三种人：

买不起的。拿着小几千的月薪，房子首付都交不了，怎么舍得去买一个动辄上万甚至十几万的包包呢？有那个钱，还不如带父母去吃顿好吃的，还不如给自己买几身质地好一些的衣服。

已经买过一些的。小资群体，最想要的牌子已经买了。柜子打开，虽然不是限量版，不是最贵的，但都是自己最喜欢的款。

有了四五个，知足了，就不再继续往包包上砸钱了。有钱就全家去旅游，就去学油画、去健身。

有钱不买的。这些人大部分是智慧一族。他们的资产，已经不需要用名牌去证明他们不穷。这些人，不爱玩儿微信、不爱发朋友圈，就连穿衣服也不讲究牌子。流行趋势影响不到她们，穿衣服大众化，讲究舒适得体，不讲究时尚。

除了这三种人，剩下的就都是喜欢买名牌包包的女人了。俗话说，"包"治百病。不光是中国女人，法国德国匈牙利，欧洲亚洲拉丁美洲，世界各地都是一样的。

我去巴黎LV总店的时候，就遇到一个讲法语的贵妇模样的人，一次买了6个包包。人家那气势，不看价格，看中了款式直接报个型号，服务员颠儿颠儿地戴着手套给人家包好，又帮忙给送到停在附近的豪华汽车里。

谁说只有中国女人爱买名牌包？只是我们人多，我们购买力太厉害而已。统计说，去年全世界65%的奢侈品被中国人买走，算算中国的人口，再除以全世界总人口减去特别贫穷国家的人口，这个比例，难道不是正常的吗？

当然还有一个因素：中国人最爱买的牌子太集中，容易给人造成中国人比其他国家人爱虚荣爱买奢侈品的假象。

反对购买名牌包包的一方说，名牌包，其实是贵在广告上，贵在他们的店铺位置和豪华的店面装修上。

诚然，这些是毋庸置疑的，但这些品牌的质地，也确实是不容忽视的好。尤其是手工制作的需要预定的品牌，那种质量，跟机器生产的简直不是差一个两个档次。

买奢侈包包，买的就是这一份用心，这一份质感。这就跟人们去米其林星级餐馆就餐是一个逻辑，吃饭，吃的不仅仅是味道，更是服务和文化。

最可笑的，是反对购买一方的这个观点：有了名牌包包，就应该配Prada的鞋子，D&G的衣服，甚至腰带也要Gucci的，围巾也要Bubbery的。这个观点真是笑死人。如果你这样一身名牌混搭起来，才真是Low到尘土里，才真会被人笑话你没有品位。

好的包包，一件就可以让人眼前一亮。不管你穿Zara的裙子还是Mango的风衣，只要大方合体，配上一只小香家的Le Boy，立马经典起来。真正的名牌，其实是低调的奢华。

至于说"用一个大牌包包，就最少应该开保时捷路虎，不能挤地铁公交"，我真要呵呵了：您是大妈吗？您这是什么思想？在巴黎，在纽约，背着LV、Chanel挤地铁公交的，那是一排排的啊。当然，都是些年轻的小姑娘，大妈确实很少，因为大妈已经过了对名牌包包痴迷的年纪。

我在大城市打拼过，我明白一个名牌包包的作用：虽不能说"包"治百病，但它确实是忙碌的加班生活中的一种慰藉。

当你上了20年学，终于走出象牙塔以后，你才知道，工作了，你再不能随便哭鼻子、随便喊累，加班是生活的常态。你每天为了生活奔波在路上，穿着高跟鞋健步如飞，看老板的脸色、被老板虐是家常便饭。

你靠什么支撑自己热情洋溢地工作下去？送自己一个渴望已久的包包是再好不过的奖励了。那一刻你会觉得，所有的辛苦都是值得的，因为，你有能力让自己买得起自己想要的东西。

一个在比利时的中国姐妹跟我抱怨，她说她每次坐公交车，司机都会把她的月票拿过去，仔细地看月票上的日期。"好像我会逃票似的，真讨厌。就欺负我是中国人吧。"她说。

旁边另一位姐妹很诧异："不会啊。我每次坐公交车，扬扬手里的车票就行了，司机从来没查过我的票。"

我看了看她们俩，心中有数了。总是被查的那位，不修边幅，穿着过时的牛仔大脚裤，背着一个脏兮兮的双肩包；另一位呢，化着素雅的淡妆，即使去上学，也会背着个轻奢的包包。

总是被查的那位，其实是位翻译，知识丰富有内涵。但是，以貌取人，在哪儿都是会发生的，在中国，这种情况更严重。

记得有次我和一个小伙伴去北京的一家餐厅。前面去的两位被告知客满，我们正要转身，却被服务员招呼了进去。"不是没有位子了吗？"我奇怪地问。"那两个，一看就是只点份套餐的，不高兴做她们的生意。"服务员回答。

那一顿饭，吃得我感慨万千。我跟小伙伴说："看来，今天咱俩吃上这顿饭，是你这个包包的面子啊。"

看人下菜碟的事，总是屡屡发生。衣着包包有质感，去面试、去谈判、去约会，人都更加自信一些，而自信，往往是成功的基础。

对自己好一点儿，在力所能及的范围内给自己买一两个奢侈包包，有什么不可以？如果一个包包带给我的快乐远远超过一趟新马泰旅游，我为什么不可以选择包包？

喜欢的，就尽量送给自己。你年轻又努力，你配得上最好的。不要想着"等以后……"等以后即使你有能力送给自己价值10倍的包包，心情也是不一样的。我至今仍念念不忘北京某商场里的那条红裙子，8年了，我几次想起，后悔当初为什么没拿下。

《欲望都市》里的凯丽，一次在橱窗里看到一双美到无与伦比的鞋子，犹豫再三，终于把它领回了家，以至于接下来吃饭都成了问题。但那双鞋子带给她的满足感、幸福感，促使她接下来更有动力努力去写专栏。

当然，我们不能像凯丽那样冲动，生活毕竟不是电视剧。但在经济许可的情况下，姑娘，大胆地买吧，毕竟，我们都只年轻一次。你爱的不是虚荣，是自己。

年轻时
最应该做的两件事

我的前同事小庄，一个人穷游了西安和大理。看到她空间上传的那些照片，活生生颠覆了我对她的印象。

工作的时候，她是个比较拘谨的女孩儿，一个兼任人事工作和化学老师，戴一副近视眼镜，穿衣服很保守，典型的中学教师形象。

可是旅游期间的她，一条围巾被她用来摆了10个不同的Pose。夕阳西下斜倚栅栏，手拢玫瑰作势轻嗅，面对一池碧水做遥思状，长发与丝巾共舞在狂风里。或静坐，或小跑，或立跳，整个一神经"女文青"的形象。

小庄旅行期间，我每天关注她的动态，点赞，评论，单独留言。"姐姐，你好像从来没有这么在意过我啊，真的有受宠若惊的感觉。"小庄跟我开玩笑。

"因为，你在做的，是我一直想做，却再也没有机会去做的事情。"我回。

（一）

我一直有一个愿望，一个人恣意地走走停停，没有具体的目标，走到哪儿就是哪儿。路上碰见各种游客，不对眼的，远离；顺眼的，搭讪，然后可以一起走下一段路。

我想用这种方式，去丽江，去大理，去洱海，去西双版纳和昆明。我想在杨丽萍的家改建的宾馆里住上一宿，再看看大兵的酒吧。然后，经成都去西藏，在一望无际的草原上纵情呐喊。躺在地上，看白云悠悠飘过，我不出声，只虔诚地与万物生灵对话。我在寺庙前跪拜，和喇嘛聊天。不求难忘，只求简单。

可是，由于各种原因，一直未能成行。

人们羡慕的往往是自己没有的东西。听小庄说，某天在一个小餐馆里，起身埋单的时候，却被服务员告知：那边的那位小哥已经替你付了。她抬眼望，靠窗坐着的一个年轻男孩儿朝她微微颔首。小庄莞尔一笑，大方地过去道谢。男孩儿说，都是一个人吃饭的背包族，他看得见她的孤独，欣赏她的独立，所以就帮她埋了单，仅此而已。两个人天南地北聊了好久，然后挥手告别，此生也许再不相见。

我嫉妒到不行，我喜欢极了这样的邂逅。在一个陌生的地方，在天之涯海之角，碰到与自己兴趣一致、三观相符的另一个行走的灵魂。谁也不必讨好谁，谁也不必迁就谁。可以相约同往，也可以各行其道。

可是如今，我却再没了机会。由于我极度缺乏方向感，已被老公禁足。不管去哪儿都得他跟着，还美其名曰，为了我的安全着想。也可能，他是害怕我在行程中有艳遇吧，哈哈，虽然他从来没说过这一点。

（二）

亲戚家孩子在芜湖上大学，暑假想去大理做义工，就是那种给青年旅社免费服务半天，青旅提供火车票和食宿的那种。

家族群里，我第一个赞成：可以啊！很好啊！既开阔了眼界，又增长了见识。去了一个未曾去过的地方，看到不一样的风景，遇见很多有趣的人。百利而无一弊。

那孩子也欢欣雀跃，差不多已经下定决心要去了。这时候，他妈妈发话了："不去。现在外面这么乱，去那么远我不放心。"

我无话可说。孩子的妈妈，应该是更关注安全问题吧。如果我一个劲儿地撺掇他去，万一到时出个状况，我也不好交代。

最终没有成行。我在心里想，十年以后，等他结婚成家，就更没有这样的机会了。那时候，他是会忘了这件事，还是成为第二个我，在心里遗憾终生呢？

有些事，对某些人不重要，但对另外一些人却是无可替代的。单身时候没有来一场一个人的旅行，于我，确实一直耿耿于怀。

彼之砒霜，我之蜜糖。有人说不想穷游，不想一个人上路，而我，却希冀自己能有一场那样的旅行。

（三）

除了旅行，最能激发年轻人兴趣的要数恋爱了。从十五六岁情窦初开，我们把偷偷喜欢的人的名字刻在校园长凳下面或是一棵老树的枝干上。我们盼望他知晓，又怕他知晓；路上远远地看到他，期待他走过来，又怕他走过来。那种矛盾又渴望的心情，真是折煞人。

跟喜欢的人在一起，那种感觉，真的是从尘埃里也能开出花来。

堂弟上大学的时候，我说："大学里一定要谈一场恋爱。因为，一生至少要有一次，为了某个人而忘了自己是谁。"

婶婶嗔怪地看我："哪有你这样的姐姐，不让他好好学习，倒叫他谈恋爱。"

我说："婶婶，你也是过来人。社会上的恋爱，有大学里的单纯吗？工作以后，别人给介绍的，谁不先看你的外貌、工作、收入、有没有车子房子、家庭负担重不重、家庭条件能不能付首付？大学里的女孩子还没有这么势利，只要你颜值过得去\对她好就可以。何况，学生时代，是最容易投入真心的阶段。高中你们不让他谈恋爱，说怕影响了成绩，现在大学了，应该支持他纵身爱一次。"

堂弟说："还是要找自己喜欢的女孩子吧。"我说这个自然，不能为了恋爱而恋爱。大学里选择比较多，找个喜欢的，应该不是问题。

堂弟果然在大学里轰轰烈烈地爱了，毕业后还把她娶回了家。女孩儿是浙江人，生得眉清目秀。看起来娇生惯养的样儿，实际却很包容、很大度。堂弟有些大男子主义，但两个人知己知彼，磨合得很好。

虽然堂弟并不是真的听了我的话，只是恰好在大学里碰到了对的人，婶婶还是坚信了我那句话。

其实，即使大学里的恋爱没有修成正果，没有逃脱毕业分手的魔咒，那份纯真和美好，也将是我们多年以后最珍贵的回忆，人生不会因没有死去活来地爱一场而留下缺憾。

青春并没有我们想象的那么长。趁着年轻，来一次奋不顾身的爱情，再来一次一个人的旅行。人生最宝贵的，就是自己的经历。有些东西，过了那个年纪，就再也无法找回那种感觉。

你真的愿意
逃离北上广吗？

我不舍得逃离

在大城市生活久了，猛然回到小地方，是会有一种文化撞击的感觉的。

每个月交几百块，为马甲线在健身房挥汗如雨的我，一朝回到家乡县城，老同学的一句话，让我备受打击：

"我老公现在好多了，知道照顾家了。你看我，现在生活好了，也长胖了些。"她舒心地说，看了看我，话锋一转，"哎呀，你怎么还这么瘦啊，按说你现在日子也好过了啊。"

泪流满面啊。我那么辛苦地把体重控制在50公斤以内，回到老家，分分钟想让我增肥。

类似的例子还很多：26摄氏度的天气，我涂上防晒油，约了朋友去沙滩，把皮肤晒成小麦色。谁知周末跟老家亲戚视频的时候，亲戚大惊："你怎么这样黑啊？你要注意保养啊，你看你还没我白呢。"

习惯了穿衣服随心所欲，可是回老家了，父母会提醒你：裙子别太短，口红别太艳，最好别露肩……

每次回去，同学朋友亲戚的热情接待，总让我心里暖暖地感动。但我承认，我已经无法完全地融入到他们中间去了。

除了三观，小地方的办事效率也让人揪心。而且，小地方更讲究关系网、送礼，这些都让在外面生活久了的人措手不及。

两年前，我因为出生证上的姓名和身份证上的不符，回去处理这件事。在跑了无数趟相关办公室后，还是没有成功。办事员手里握着茶杯，眼睛盯着电脑，仿佛我的事跟他无关。

最后的最后，还是我在县移动公司上班的同学，找了她一个朋友。那个朋友是县里某领导的爱人，她一个电话立马搞定。临走的时候，办事员还饶有兴趣地问我："你认识××的爱人？"

在北上广，生存和工作压力确实大，但也是最公平的地方。有本事的人，会有更好的机会、更多的资源，获得更高的报酬。契约精神和理性是最大的主宰，人人所向往的自由也是这里的文化特质，支撑着所有在打拼奋斗着的年轻人的梦想。而在小地方，没有关系，简直是寸步难行。

所以，像我这样，好不容易奔到大城市，在北上广有个立足之地的人，是不舍得轻易逃离北上广的。因为，逃离容易，想要再回去，恐怕就难了。

文艺青年，不愿意逃离

前段时间，"新世相"组织的"逃离北上广"活动轰动一时，许多人参与其中。"一场说走就走的旅行""一个未知但美好的目的地"，这种情怀吸引了许多文艺青年。

可真正赶到机场去参加这场活动的，才不是真想要逃离北上广的那部分人呢。

参与这次逃离北上广活动的，都是些有情怀的开放性很强的文艺青年。所谓的"开放性"，是指他们愿意尝试新的活动，喜欢丰富多彩的生活；欣赏艺术与美，容易被打动；有很强的好奇心和求知欲，容易接纳新的观念；反对传统反对权威。

对于这样一群年轻人，北上广才是适合他们遨游的天地，小地方很难能让他们尽情纵横捭阖。

也许你要说，现在的二三线城市什么都有，有大购物中心，有电影院，有奢侈品店。可是，二三线城市有美术馆吗？有歌剧院吗？有大图书馆吗？有科技馆吗？有那么多的演唱会吗？缺失了这些文化内涵的地方，是不适合开放性很强的文艺青年生活的。

开放性高的年轻人，更追求个性和自由。在英国脱欧的时候，开放性不同的两个群体就曾有着截然不同的选择。开放性高的人更愿意选择留在欧盟，而开放性低的人群，则更多地把票投给了脱欧。

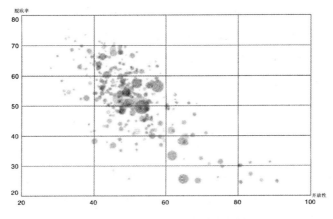

横轴为开放性指数，纵轴为脱欧率

图上右下角的小点，叫作Hackney（海克尼），是伦敦的一个自治市，位于伦敦市东北部，距离中心城区七八公里。那是英国文艺青年密度最大的地方，相当于北京的"798"。数据图显示，这里支持脱欧的比率全英最低。

之所以会出现这个结果，是因为文艺青年都是开放性高的人，多元性文化更吸引他们。他们追求审美多样性，喜欢打破束缚，渴望与世界融合。他们喜欢"地球村"这种感觉，无论是经济上还是文化上，他们渴望与外界联结。

当BEATLES的主唱列侬被采访，问到为什么你们是一个英国乐队，却要来美国发展的时候，列侬说："在罗马帝国时期，当时的哲学家和诗人都要去罗马，因为那里是世界的中心，我们今天要来纽约，因为这里是世界的中心。"

可见，文艺青年更愿意生活在人口密集、经济发达的大城市，他们喜欢置身于各色人各色文化之中。小城市，相对太安静、太单调，不符合他们的文艺气质。

在北上广的文艺青年，一边抱怨着雾霾、污染和交通堵塞，一边深爱着这个拥挤的城市。他们对于自己生活的地方，由于爱之深，所以恨之切。嘴上说着离开，可内心里，他们是不愿意走的。

你要不要逃离？

据QQ大数据调查显示，逃离北上广的主要原因有以下几种：

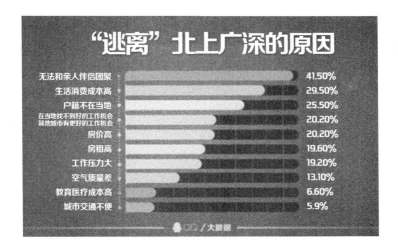

可见，大部分逃离一族，是基于与亲人团聚、生活成本、户籍等等实际问题。

你要不要逃离？这个要具体情况具体分析。如果，在北上广你是真的看不到未来，你真觉得心累，回一个二三线城市也未尝不可。但是，你得做好思想准备：那儿的工资，可能只有你现在工资的三分之一，当然，你也只需要用现在三分之一的精力去工作。

小一些的城市，总是有分明的城市特色。选取一个适合你的城市，比什么都重要。它的节奏、它的文化、它的历史，如果恰好是你喜欢的，那你一定可以很惬意地生活在那里。

苏轼因"乌台诗案"被贬黄州时，曾为王巩的歌女柔奴赋词："试问岭南应不好？却道，此心安处是吾乡。"白居易《种桃杏》中亦有"无论海角与天涯，大抵心安即是家"。

跟随自己的心走，便不会错。不管是北上广，还是八九线小城，能让你安居乐业的地方，就是对的地方。

这样的有钱人
我才不要做

富人自以为有智慧，而聪明的穷人能将他看透。

——《旧约全书》

斐和老公在荷兰开店。香港人和温州人的组合，生意头脑简直一流。他们做着跨国贸易，钱哗啦啦地流进口袋。听说一次警察突击检查，在他们家发现了300多万欧元现金。

斐的家里，保姆就请了俩。认识他们几年内，100多万的车子已经换了两次。

记得第一次见到斐，她化着浓妆，柳眉倒竖，睫毛又密又黑。脸蛋儿涂得粉粉的，腮红恰到好处地增添了几分青春活力。身材匀称线条分明，30多岁的女人，看着也就二十六七的样子。

我打心底里佩服。精明能干，保养有术，事业有成。

去她家玩儿，半面墙的一个大柜子，里面全是名牌鞋子，大部分是男人的，她的也不少。她给我们看她的包包，好几个订做的爱马仕、限量版的LV。

斐很在意她的这些包包，她给我们讲每一个的来历。一长串的地名和时间，却没有故事。我听得犯困，很好奇她怎么能记得这么清楚。

一次逛街，走到脚疼，我说回去让达西先生给按摩，斐特别诧异："你老公还给你按摩？老外真是体贴。可惜，没多少钱。"

"嗯呢，月光。不过我心态好，哪有十全十美的。多金又帅气的，也看不上我这姿色平庸的。"我实话实说。

"沐儿，你上学上得太多，有些傻了。"她诚恳地说，"什么爱情啊，都是骗人的。有钱，啥都买得到。比如我想按摩的话，去店里啊。想按几个小时按几个小时，不过瘾随便加钟。"

那一刻，我觉得她讲得也有些道理，虽然我心底里还是不太赞同。

后来认识了她老公。斐和老公说话的时候，完全没有了平时的盛气凌人，她小心翼翼，保持笑脸，眼底里还有些惧意。

原来，斐嫁给老公的时候身无分文，可她老公那时候已经开了公司，事业小成。经济基础决定上层建筑，到现在，大事小情也是老公讲了算。

后来渐渐更熟了，斐讲话也不藏着掖着了。我们知道了她老公脾气暴躁，三言两语不对，随手东西就砸过来。

"你就这样逆来顺受吗？你们的资产，也有你的功劳。"我们问她。

"何止是有我的功劳，基本都是我在操心！他天天甩手当着掌柜，死死掌握着财政大权。"斐讲这话时，眸子黯淡下来，精致的妆容也失色不少。

斐已经三年没回中国了。她说想回去探亲，老公就说公司离不开，创业时期艰难，等赚够了，以后再回中国定居都可以。可他自己一回香港就是一两个月。打着联系业务的幌子，回香港过着优哉游哉的生活。

"我都两周没跟我老公通电话了，我打电话他直接挂断。"斐的眼里不是生气，只是有点儿落寞。

"吵架了吗？"

"没有。他每次回香港都这样。他说要见朋友，要陪客户唱卡拉OK，让我没事不要打扰他，他会联系我的。"

这种语气，哪是老公跟老婆说的话，简直就是总裁跟下属的对话。

斐托我给她买安眠药，靠药物睡眠已经有好几年了，而且剂量还在不断增加。

我们建议她让老公带点儿复方阿胶浆过来，据说那个安神养心，有益睡眠。

"他说他的行李箱装不下了，他带的都是他爱吃的东西。"

某次斐的老公出手过重，惹毛了一直委曲求全的斐，她跟我们说她要离婚："这样没良心的男人，实在是过不下去了。"

可是，不出半个月，他们就和好了，原因是结婚纪念日，斐的老公给她买了个钻戒。有钱的男人想要息事宁人，总是容易得多。

"他还算有点儿良心，知道我辛苦，送了我这个。"斐给我们看她的钻戒的时候，幸福又回到了脸上。

"沐儿你可要当心点儿。老外都月光，万一离婚了，分不到他的家产，下半辈子怎么办？"斐善意地提醒我。

我表示一点儿不担心。嫁给谁，本来就不是冲着钱去的，只要有一双手，还怕饿死不成？

她接着说："你知道那谁吗，老公在外面有女人了，回来就跟她坦白要离婚。老外可绝情了呢。"

"在外面有女人了，离了岂不是比凑合过更好？"我不理解她的逻辑，在我看来，欺骗比离婚恶毒100倍。

她的话影响不了我的心情，因为我要的不一样：我不要别人许给我多么美好的未来，我只要温暖的现在。

斐的老公近期去做了财产公证。大部分的资产都属于他的婚前财产。理由是，公司是婚前开的，别墅是婚前买的。斐是在帮忙经营公司，但她每个月都是领薪水的。

这一步，着实激怒了斐，她发誓要离婚，能分多少分多少。

可是，斐的老公却不愿意离婚。即便能分给斐的并不多，他也不愿意。

"别忘了我们是签了婚前协议的：你给我打理公司，我付你工资；公司收入与你无关。当然，法律会保护女人。你真要离，借给你娘家的500万，就算给你的生活费了。如果不离，明年给你买辆跑车。"

那500万早就做生意亏进去了，所以斐如果离婚等于净身出户。

"别信他的，结婚以后至今的公司收益，还是要分给你一半的。"我们跟她说。

"你们不知道他的本事，已经转移得差不多了，而且完全不露痕迹。"

她考虑再三，决定还是凑合过下去。老公愿意搭理她的时候，两人就讲几句话，有时候，一周也讲不上一句话。他在外面玩儿老虎机，她在家里约人搓麻将。

日子，一天天地过着。

培根在《培根论人生》里说：在富人的想象里，财富是一座坚强的堡垒。

有钱，确实什么都能买，但是，钱买不到真心。

没有真心，日子还有什么意思？

性感，
是女人的一种气质

　　我们所有的学员，都超级喜欢我们的桑巴舞老师Irene。她皮肤黝黑，大约是有非洲血统，大腿微粗还有一点儿小肚腩。除了黑亮的眼睛和坚挺的鼻子，外形似乎并不算漂亮。

　　可是，这不妨碍我们喜欢她。她请假的时候，来了个代课老师，是比利时当地人，身材脸蛋儿一流，可她带我们跳舞的时候，简直就是"群魔乱舞"。

　　"这哪是桑巴啊，她这是把桑巴当健身操来跳了。"我们吐槽。

　　"还是Irene动作美。""Irene虽然胸大屁股大，可是摇摆起来就是好看啊！"

　　"性感！Irene虽然长相一般，但她举手投足之间就有一种契合桑巴舞的性感。"我们七嘴八舌总结。

　　是的，Irene没有模特的身段，但她前凸后翘，每一个动作都那么富有韵味。她在台上尽情扭动腰肢，我们在台下不自觉地被她吸引，想去模仿她，想跟上她的节奏和步调。

性感，是一种无法抗拒的美，无关肤色与国籍。

我在一篇文章里写过朋友Ann的故事。说实话，刚见到她的时候，并没觉得她多漂亮，无非是天生大长腿加上一身青春的朝气。

聊了会儿，听说她学过钢管舞，就请求她给我表演一段。只见她略一思索，腰往下一沉，胯往后一送，作势抓住钢管，给我来了一系列性感至极的动作。与此同时，她的眼迷离起来，红唇魅惑起来。一切就在倏忽之间。

真真是美艳不可方物。那一刻，我在想，若我是个男人，怎能不荷尔蒙激生？即使身为女人，我都从骨子里欣赏她那时的千娇百媚。

性感不是风骚，那是一种由内而外的强大气场。风骚人人都可学，性感却不是每个人都学得来的。

出演电影《西西里的美丽传说》的莫妮卡·贝鲁奇，被誉为当今最性感的女星。这个女人，是走在西西里小镇上的玛丽安娜，低眉敛目却风情万种。

巴斯·基阿鲁说："莫妮卡是意大利献给世人的最美的艺术品。"她的眼神轻佻却高傲，性感已经到了极致，反而让人觉得她是纯洁的女神。

性感于女人，比美丽更重要。"当花瓣离开花朵，暗香残留。"作为一个女人，她的容貌，她的娇颜，总有凋谢的时候，真正的魅力，是气质，是骨子里的风情。

你的身边，是不是也有相貌不差人品奇好的姐妹？她不是眼光特别高也不是性格不好，可就是门前冷落无人问津嫁不出去？

我身边就有这么一个。小姚是我曾经的舍友，她身材高挑，喜欢穿牛仔裤针织衫，简单地梳个马尾，整个人就是一个乖乖女的形象。

小姚爱干净，大学时宿舍的卫生她全包，还经常替我们这些懒虫同学捎饭回来。她勤俭，用洗完衣服的水拖地、冲马桶；但她绝不小气，舍友过生日，她会花心思送上别具一格的礼物。

可就是这么一个"三好"女孩儿，偏偏无人问津。她也曾主动参加各种活动，比如驴友徒步、游泳队、羽毛球俱乐部，可还是收效甚微。害得我们只能骂那些男生没有眼光、有眼不识金镶玉。

在说过几次"我要是男生，马上娶了你"之后，我们开始认真地思考原因，究竟是为什么，让男生对她没有表白的欲望呢？

众说纷纭之后得出结论：她不够性感。

她不会秋波暗转，不会回眸顾盼；她不爱自己：她总是放大自己的缺点，看不到自己的美。

"我的髋关节太大，根本穿不了修身的裤子。""这种秀气的鞋子，哪儿适合我啊，我只能穿运动的。""不行，太新潮了，我驾驭不住。""这个适合你，我穿不出味道来。"这是我们出去购置衣物时，她常说的话。

对自己没有信心，不愿意尝试，风格单一，让她多了几分淳朴，少了点儿灵气。

"你首先要爱自己、欣赏自己。自信的女孩儿，才会不自觉地性感起来。"虽说是金子总会发光，可若金子埋得太深了，能有耐心去把金子挖出来的，毕竟是少数。

其实，我真没有小姚漂亮，但我大言不惭地相信，自己并非一无是处。

不幸的是，并不是所有的女孩儿，都敢于像我这样。

邻居家的姐姐，含胸特别厉害，她所有的气质都被这一缺点扼杀了。每次我提醒她直起身子来，她就失望地说：没办法，习惯了。中学的时候发育得太早，总觉得胸大丢人，所以一直勾着肩走路。现在改不了了。

现在的她，后悔当初的少不更事。"我现在常常对我女儿说，她是最漂亮的。小家伙儿在我的赞美下，穿什么衣服都美美的。"

相信自己的美，敢于展示自己的美，本身就是一种性感。

王菲说：性感是女人的一种气质。我深信不疑。你看苏菲·玛索，看莫文蔚，看奥黛丽·赫本，看玛丽莲·梦露，她们哪一个不是性感十足又气质绝佳。

林志玲甜美，范冰冰惊艳霸气，小S口无遮拦尺度大。她们之所以成为了中国男人心目中的国民女神，是因为有一个共同点：她们懂得用自己的长处去博弈，不仅美貌，更有味道。

性感的女人都是美丽的，但美丽的女人不一定都性感。愿我们都能释放自己，大胆呈现自己的女人味儿，散发出不可抵御的光芒来。